BUZZ

© 2021, Buzz Editora
© 2021, Ilko Minev

Publisher ANDERSON CAVALCANTE
Editoras SIMONE PAULINO, LUISA TIEPPO
Assistente editorial JOÃO LUCAS Z. KOSCE
Projeto gráfico ESTÚDIO GRIFO
Assistentes de design NATHALIA NAVARRO, STEPHANIE Y. SHU
Revisão TAMIRES CIANCI, ELENA JUDENSNAIDER

Imagem de capa MARIANA SERRI
Da Série *Chão (pico e begônia)*, 2019.
Óleo e cera sobre tela. 70 × 90 cm.
Fotografia: Sergio Guerini

Dados Internacionais de Catalogação na Publicação (CIP) de acordo com ISBD

M664n
    Minev, Ilko
    Nas pegadas da Alemoa / Ilko Minev
    São Paulo: Buzz Editora, 2021.
    176 pp.

    ISBN 978-65-86077-89-6

    1. Literatura 2. Romance I. Título.

2021-223   CDD 813
                              CDU 82-31

Elaborado por Vagner Rodolfo da Silva – CRB 8/9410
Índices para catálogo sistemático:
1. Literatura: Romance 813 2. Literatura: Romance 82-31

Todos os direitos reservados à:
Buzz Editora Ltda.
Av. Paulista, 726 – mezanino
CEP: 01310-100 – São Paulo, SP
[55 11] 4171 2317 | 4171 2318
contato@buzzeditora.com.br
www.buzzeditora.com.br

Nas pegadas da Alemoa

Ilko Minev

Lembro bem, como se fosse ontem, daquela manhã, quando tio Oleg e Alice chegaram de surpresa em Maués. Achei estranho – na última vez que tinha falado com Oleg, ele se encontrava em Manaus e não planejava fazer nenhuma viagem. Quando recebi a mensagem que dizia que estavam saindo de Belém e iriam chegar em Maués ainda antes do almoço, fiquei apreensiva – será que alguma coisa inesperada havia acontecido para eles viajarem com tanta urgência e sem avisar? Larguei tudo e fui correndo buscá-los no aeroporto na minha picape, veículo capaz de aguentar as estradas com pouco asfalto e muitos buracos do nosso interior amazônico.

– Não é nada grave. – Assim que desceram do pequeno avião, tia Alice tratou de me tranquilizar. – Oleg queria te contar uma coisa, sabe como ele é...

Antes de ela terminar a frase, Oleg passou para mim um livro antigo, com a capa dura tão gasta pelo tempo que não dava para ler o título. Curiosa, abri, folheei algumas páginas e me deparei com uma língua e uma escrita diferentes, que não consegui identificar de imediato. Visivelmente ansioso, Oleg quis saber se eu me lembrava da conversa que tínhamos tido com meu pai sobre uma expedição nazista na Amazônia.

Não me lembrei em um primeiro momento, mas ele insistiu.

— Dias antes de pegar aquela maldita pneumonia fatal, num jantar na casa de vocês, Licco contou a misteriosa história da expedição alemã que até hidroavião tinha, e que ficou vasculhando o interior do Amapá por dois anos, pouco antes do início da Segunda Guerra Mundial. Lembra? Ele desconfiava de que o interesse dos nazistas pela Amazônia na véspera do grande conflito não era por acaso e que valia a pena investigar e descobrir os verdadeiros motivos camuflados por trás da aparência científica. Contou ainda que estava esperando receber nos dias seguintes, pelo correio, um livro em alemão, escrito pelo próprio líder da expedição. Prometeu nos contar mais assim que descobrisse algo novo.

Pouco a pouco minha memória clareou um tanto e comecei a me lembrar. Na época, eu tinha acabado de me mudar para a casa do meu pai, na rua Joaquim Nabuco, no centro de Manaus. Quase todos os dias eu voltava da faculdade e me sentava na biblioteca para estudar, enquanto ele escrevia no computador um longo texto sobre a vida dele desde quando ainda vivia na Bulgária. Eu estava curiosa para conhecer sua história e queria ler logo, mas ele não permitiu e insistiu que aquele texto era o legado dele, repleto de recomendações e ensinamentos, e por isso só deveria ser lido quando ele não estivesse mais conosco. Minha curiosidade era mais que justificada, visto que fazia muito pouco tempo desde nosso primeiro encontro, quando fui surpreendida com a revelação de que ele era meu verdadeiro pai biológico. Nas horas que passávamos juntos, era normal ficarmos em silêncio absoluto, na maior parte do tempo concentrados em nossas tarefas. Se bem que em algumas raras vezes eu o pegava me observando de forma discreta, e era possível sentir nos olhos dele um imenso carinho.

– Você é tão bonita quanto foi tua mãe. É um pouquinho mais esbelta, mas tem os mesmos lindos cabelos negros, o rosto angelical muito parecido com o dela, só que com olhos ligeiramente mais claros. No resto, você tem a mesma personalidade doce e a mesma determinação quando quer alguma coisa. – Ele não se conteve numa das vezes que reparou que eu tinha percebido seu olhar.

Tudo aconteceu conforme ele havia planejado. Só fui ler aquelas páginas depois da morte dele, que se deu apenas algumas semanas depois de terminar o relato. Exatamente naquele curto espaço de tempo, quando de repente se viu livre e sem nada para fazer, meu pai começou a buscar informações sobre uma expedição nazista na Amazônia. Lembrei que eu o ajudara a procurar na internet e, em uma daquelas buscas, achamos numa livraria virtual da Alemanha um livro sobre o assunto. Era uma obra muito antiga, cara à beça, e ainda assim meu pai a comprou.

– Licco não pôde concluir sua busca – continuou Oleg –, pois menos de duas semanas depois daquele jantar, ele faleceu de pneumonia e a expedição dos nazistas na Amazônia caiu no esquecimento.

– O livro que está nas tuas mãos, Rebeca, encontrei recentemente na biblioteca dele. Deve ter chegado depois da sua morte e ninguém prestou atenção. Não consegui decifrar muita coisa além das fotografias. É uma escrita diferente da atual, está em desuso há muitas décadas. Consultei várias pessoas que falam alemão, mas ainda não encontrei nenhuma em Manaus que consiga ler fluentemente essa escrita. Ao que parece, é um alemão gótico. A sorte é que a edição contém muitas fotografias e algumas delas mostram locais facilmente reconhecíveis.

Não aguentei e fui conferir tudo com os meus próprios olhos. Enquanto desviávamos dos buracos a caminho de casa, Oleg contou que, na semana anterior, ele e Alice tinham feito uma rápida viagem ao Amapá e mostraram o livro a nosso amigo em comum, o professor Caio, que mora em Macapá, e ele imediatamente reconheceu a Cachoeira de Santo Antônio e também o cemitério, que aparece em outra foto. Caio passara a infância em Monte Dourado, não muito longe do local onde as fotos foram tiradas. O professor, sempre generoso, se ofereceu para acompanhá-los em uma rápida viagem até a cachoeira, e eles aceitaram a proposta no mesmo instante.

Tio Oleg estava tão entusiasmado com o assunto que, quando chegamos à fazenda, nem olhou em volta como faria normalmente, e continuou a descrever os acontecimentos daqueles três dias que ele, Alice e Caio passaram no rio Jari. No início, eu escutava ainda sem grande interesse, até que ele mostrou na tela do celular uma curta gravação da Cachoeira de Santo Antônio. Mesmo por aquela tela minúscula deu para sentir a extensão grandiosa e o volume espantoso da queda d'água. Fiquei muito impressionada – a paisagem lembrava Foz do Iguaçu.

– São mais de 20, em alguns lugares, até 30 metros de altura. O som é ensurdecedor e a vista, de tirar o fôlego – disse Oleg, adivinhando meus pensamentos.

– Se fosse em outro lugar, haveria milhares de turistas, mas, no Amapá, nada é fácil. Pela estrada de terra batida e piçarra de Macapá até a cidade mais próxima, Laranjal do Jari, leva-se de cinco a oito horas. O trajeto pode ser muito perigoso, especialmente quando chove. Depois, é mais uma hora e meia de catraia até a cachoeira.

A descrição dele me animou. E o mais inquietante foi me dar conta de que eu nunca nem tinha ouvido falar daquela maravilha da natureza.

– O cemitério realmente fica num local bem próximo à cachoeira. Nos últimos tempos o túmulo nazista atrai quase tantos curiosos quanto Santo Antônio – disse ele, demonstrando que também já tinha sido fisgado pela curiosidade.

Eu seguia muito mais interessada na cachoeira, mas, como que adivinhando minha falta de entusiasmo com o cemitério, tio Oleg me passou seu telefone de novo, desta vez com uma fotografia que imediatamente despertou minha atenção. Na tela do celular eu via uma cruz bem grande, de pelo menos 3 metros de altura, com o nome do falecido e uma grande suástica esculpida em relevo na parte de cima, além de um pequeno texto que parecia ter sido escrito em alemão. Não pude esconder o espanto. Na imagem seguinte, visivelmente bem antiga, em preto e branco, havia três índios seminus ao redor da cruz.

– O que é isto? – perguntei, desta vez bem curiosa.

– A primeira foto da sepultura eu tirei na semana passada, já a segunda, datada de 1937, tirei deste livro. Ah! Se tio Licco ou meu pai estivessem por aqui! Os Hazan, como boa parte da elite europeia na primeira metade do século XX, falavam fluentemente o alemão como segunda língua e decifrariam tudo, mesmo esse gótico, na hora.

– Até o momento só tivemos a confirmação de que em 1935, ainda antes da Segunda Guerra Mundial, realmente houve uma bem organizada e bastante sofisticada expedição alemã, munida de hidroavião e de outros recursos avançados para a época, que, com a ajuda do governo Vargas, passou um ano e sete meses conhecendo e mapeando aquela remota e completamente desconhecida região na fronteira do Brasil com a Guiana Francesa. Pelo que pesquisei, os alemães colheram amostras, catalogaram boa parte da flora e da fauna e estabeleceram contato com as tribos indígenas antes mesmo de o Brasil marcar presença naquelas bandas.

Tio Oleg estava orgulhoso porque pelo menos tinha entendido os dizeres esculpidos naquela cruz:

JOSEPH GREINER
FALECEU AQUI
EM 02-01-36
DE FEBRE
A SERVIÇO
DA PESQUISA
CIENTÍFICA ALEMÃ
EXPEDIÇÃO ALEMÃ
AMAZONAS – JARI
1935-1937

– Agora você entende o porquê de tanta urgência para falar contigo. Cinco anos atrás, aos 92 anos, ainda muito lúcido, teu pai trouxe este assunto para a família, e eu acho que temos o dever de esclarecer a história que ele descobriu. Depois da nossa rápida visita ao rio Jari, é como se a pergunta dele tivesse renascido em mim: "o que os alemães de fato queriam com aquela expedição na véspera do conflito mundial?".

Oleg estava vibrando com a história. Só o tinha visto tão entusiasmado numa única ocasião – quando, pela primeira vez, produzimos óleo essencial de pau-rosa somente com folhas e galhos verdes. Foi uma vitória significativa, que assegurava a continuidade e a sustentabilidade do nosso negócio familiar de óleos essenciais e garantia a salvação da espécie de planta ameaçada de extinção. Desde aqueles tempos, sei que sempre quando se depara com alguma coisa desafiadora, tio Oleg se empenha ao máximo na sua realização e, com seu entusiasmo, frequentemente consegue encantar e contagiar todos que o cercam. Apesar da idade e dos cabelos grisalhos, ele ainda impressiona pela energia, autodeterminação e força física, além da cultura geral e do pensamento lúcido, sempre lógico e apaixonante. Até o timbre de voz combina com a figura dele e o torna irresistivelmente sedutor.

– Não se fazem mais homens como tio Oleg. – Passou a mão mais de uma vez pela minha cabeça enquanto eu o observava. – Será que um dia vou encontrar um homem com pelo menos uma parte das qualidades dele?

As minhas experiências afetivas não tinham sido empolgantes até então. O período depois da adolescência voou e, aos 25 anos, eu não tinha nada além de relacionamentos breves, pouco excitantes e sem nenhuma perspectiva de se tornarem algo mais profundo e duradouro. Licco, meu pai, costumava dizer que não são as personagens que criam os fatos, mas sim exatamente o contrário: quando acontecem eventos importantes, aflora a necessidade de protagonistas à altura dos acontecimentos e invariavelmente eles aparecem no momento certo. Assim seria também na vida amorosa, ele me dizia, talvez adivinhando minha ansiedade disfarçada. Segundo papai, eu não precisava ter pressa. Quando um dia eu estivesse pronta, a pessoa certa para mim iria aparecer. E, aos 25 anos, eu estava ainda à espera desse alguém. Mas eu sabia que não seria fácil achar um homem como o meu primo. Sentia profundo respeito e grande admiração pela rica experiência de vida que ele tinha e que o levou a ostentar aquela mistura perfeita de equilíbrio emocional e paixão.

Oleg nasceu na Bulgária comunista, logo depois do fim da Segunda Guerra Mundial. Durante o conflito, o pai dele, David, com muito custo, conseguiu fugir do campo de trabalhos forçados para judeus e se tornou membro da resistência armada. Foi capturado, torturado e condenado à morte, sobreviveu por um milagre e, depois da derrota dos alemães, fez parte do novo governo comunista, até que, duas décadas mais tarde, já na época da Guerra dos Seis Dias, entre Israel e os países árabes no Oriente Médio, caiu repentinamente em desgraça. Era inevitável que ele e todos os judeus búlgaros torcessem pela vitória de Israel, enquanto a imprensa comunista espalhava falsas notícias e anunciava vitórias importantes dos países árabes. No sexto dia, após cinco dias de glórias espetaculares anunciadas pelos meios de comunicação, os exércitos vitoriosos de Egito, Síria e Jordânia de repente se renderam, e ficou claro para todos que estava em curso uma tentativa de falsificar a História. A farsa grosseira ficou tão evidente que desiludiu grande parte das pessoas que ainda acreditavam no regime e azedou de vez o relacionamento do governo búlgaro com a pequena população judia que permanecia no país. Poucos meses depois, como era frequente no mundo comunista quando alguém discordava da linha oficial, David foi preso, declarado traidor da pátria e condenado a quatro anos de prisão. Depois de cumprir a sentença, com ajuda da família radicada no Brasil, David e o filho Oleg, em uma operação digna de James Bond, conseguiram cruzar a Cortina de Ferro e se refugiaram em Israel. Lá, Oleg serviu no exército, participou da Guerra do Yom Kippur, estudou engenharia e, finalmente, a convite do meu pai, em 1985, aos 37 anos de idade, mudou-se para o Brasil. Após dois anos em Manaus e em Porto Velho a serviço dos negócios da família Hazan, muito contra a vontade do meu pai, Oleg adquiriu uma draga e se tornou garimpeiro no rio Madeira. Em dois anos de garimpagem, ganhou pouco dinheiro, mas nem por isso deixou de se tornar famoso e muito respeitado pelos seus companheiros. Ele nunca fala sobre aqueles tempos, mas, de vez em quando, antigos garimpeiros contam como Oleg comandou a defesa das dragas, que após dias de significativa produção sofreram feroz ataque de um grande número de bandidos armados até os dentes e, apesar da desvantagem numérica, ganhou a tal da

"Guerra da Prainha" sem perder um homem sequer. Naquela batalha, ele contou com a corajosa Maria Bonita, uma personagem quase mítica como a das lendas do cangaço, que primeiro entrou na história de Oleg como cozinheira na draga dele, e depois virou família, já que Maria Bonita era mãe de Alice, por quem Oleg se apaixonaria e com quem se casaria. Na verdade, Maria Bonita nem era mãe da menina, apenas criava Alice, órfã do casal Melul, judeus de Manaus que eram donos do seringal "Quatro ases", no rio Abunã, tributário do Madeira, e que foram vítimas de um surto de febre amarela na região. Oleg se apaixonou pela Alice e, por influência dela, abandonou o garimpo. No início dos anos 1990, o jovem casal se mudou para Roraima, onde iniciou a plantação de arroz. Tudo ia muito bem até que, em 2009, uma longa batalha judicial decidiu que as terras da Raposa Serra do Sol eram indígenas. De nada adiantou os proprietários da terra mostrarem seus títulos seculares. Ele, Alice e os filhos, David e Benjamim, tiveram que se mudar às pressas para Manaus. Lembro que os primeiros anos depois da saída apressada da Raposa Serra do Sol não foram nada fáceis para eles e que a família toda procurou meios para ajudá-los. Oleg dispunha de uma pequena reserva, mas a fonte de renda tinha secado, portanto, precisava com urgência de uma nova ocupação. Por sorte, a solução apareceu logo – em 2012, depois da morte do meu pai, precisamos resolver algumas pendências do espólio que estávamos herdando, entre eles a divisão da Amazon Flower, uma pequena e na época inativa empresa produtora e exportadora de produtos regionais da Amazônia. Em outros tempos, a exportação de óleo essencial de pau-rosa, de sementes de cumaru e de bálsamo de copaíba tinha sido um bom e próspero negócio, mas, naquele período, só restava um pequeno escritório no centro de Manaus e uma fazenda semiabandonada. Mais de quarenta anos antes, Licco e sua esposa, Berta, tinham se encantado com a beleza daquele lugar abençoado com uma linda praia na beira do rio Maués, na proximidade da cidade com o mesmo nome, e lá iniciaram o que era uma inovadora plantação de árvores de pau-rosa. Depois da morte da Berta, meu pai se tornou o único da família que achava tempo para tocar o pequeno negócio a quase 300 quilômetros de Manaus, e parecia que a fazenda não tinha mais futuro. Após a morte dele, em um primeiro momento, a ideia era nos desfazermos da propriedade, que se encontrava em estado de quase abandono. Entre todos eu era a única herdeira que preferia não vender, ainda mais depois que descobri o forte vínculo que me une com aquele pedaço de terra. Meus avós maternos, muito antes de meu pai comprar a propriedade, já moravam ali e tomavam conta da criação de gado do antigo dono. Minha mãe nasceu na fazenda, e foi nesse recanto encantado que 25 anos antes aconteceu a surpreendente história de amor dela, ainda muito jovem, com meu pai, Licco, já septuagenário. Por mim, eu adoraria continuar a dispor daquele lugar onde fui concebida, fruto de um relacionamento tão lindo e tão triste ao mesmo tempo. Só que eu sozinha não tinha nem coragem nem conhecimento o bastante para tocar aquele negócio. Tive sorte que tio Oleg também não simpatizou com a ideia da venda, principalmente por causa das boas lembranças que guarda da época em que a fazenda ainda esbanjava vida e prosperidade. Ele também não escondia sua convicção de que plantar árvores das espécies nativas mais valorizadas da Amazônia, e em especial o pau-rosa, poderia ser um negócio promissor. A plantação vizinha do amigo Zanoni Magaldi ia de vento em popa, sem conseguir atender à demanda do mercado. De forma tímida no começo, Oleg demonstrou um interesse genuíno na Amazon Flower, embora deixasse claro que não teria suficientes recursos para comprar a operação toda. Das nossas conversas surgiu uma solução familiar: viramos sócios na Amazon Flower. Com um pequeno desembolso inicial e reservando a renda futura para quitar o restante da dívida, ele comprou dos meus irmãos, Sara e Daniel, em suaves prestações, metade da Amazon Flower, que naquele momento nem valia muita coisa. Eu me acertei com meus irmãos para ficar com a outra metade.

Embora em mau estado, a plantação original ainda existia – limpamos bem o terreno e cuidamos melhor das árvores crescidas, além de recuperar e tornar habitável a sede da fazenda, que já conhecera anos de esplendor. Ainda dispúnhamos de uma boa área inexplorada, pronta para ser cultivada e aumentar significativamente a produção. Eu tinha acabado de me formar na faculdade de letras, não tinha nenhum outro compromisso, era solteira e desfrutava de bastante tempo e disposição para passar temporadas em

Maués. Sempre que necessário, Oleg e Alice ajudariam na fazenda e, ao mesmo tempo, cuidariam, em Manaus, das partes administrativa e comercial. O arranjo agradou a todos, já que dessa maneira aquele lugar tão importante na nossa história familiar continuaria conosco. Melhor ainda, contamos com a colaboração e o apoio do nosso vizinho, amigo e também concorrente Zanoni Magaldi, que havia anos travava uma solitária batalha para produzir artigos regionais de forma sustentável. Nesse propósito, éramos aliados naturais e ele nos ajudou muito a obter mudas de pau-rosa para aumentar a plantação já existente e também na destilação, que agora não destrói árvores inteiras, mas utiliza galhos e folhas das plantas com mais de cinco anos de existência. A poda, quando bem-feita, não só não prejudica as árvores, como estimula com força o crescimento de novos galhos e novas folhas, que poucos meses mais tarde estão prontos para outra colheita. A antiga plantação do meu pai, que por verdadeiro milagre ainda resiste, nos primeiros anos sustentou um mínimo de produção e dessa forma ajudou no equilíbrio financeiro quase que imediato da nossa pequena empresa.

Foi assim que de um dia para o outro me tornei sócia do meu primo, Oleg. Juntos tocamos nosso ainda pequeno empreendimento de exploração sustentável de produtos regionais amazônicos, convictos de que essa é uma das vocações econômicas importantes da grande floresta. No passado, devido ao sucesso comercial do óleo essencial no mercado mundial de perfumes e cosméticos, a árvore de olor maravilhoso e inconfundível,

Aniba Rosaeodora Ducke, popularmente conhecida como pau-rosa, estava aos poucos caminhando para a extinção. O uso da substância como fixador e catalizador de aromas foi, por bastante tempo, procedimento comum para muitos produtos de alta qualidade, até que, no fim dos anos 1980, alarmados com a exploração desordenada, o visionário professor Lauro Barata e os empreendedores Samuel Benchimol e Zanoni Magaldi perceberam que já era tempo de iniciar plantações para salvar a espécie ameaçada e, dessa forma, preservar o próprio negócio. Era a prova definitiva de que nossa majestosa selva amazônica valia muito mais em pé do que no chão.

Como alguém natural da região, me encho de orgulho de fazer parte desse esforço de repensar e modernizar as atividades econômicas seguindo o princípio básico do aproveitamento sustentável das riquezas da grande floresta. Quando estou em Maués, às vezes nem reparo que o tempo passa. Meus dias começam cedo, com um rápido café da manhã na casa grande, como chamamos a sede da fazenda. Depois, acompanhada pelo Romualdo, nosso caseiro, que mora na casa vizinha com sua esposa, dona Dulce, desde os tempos do meu pai, visito o berçário, onde produzimos nossas próprias mudas. Elas são parte muito importante do negócio e demandam cuidados especiais porque são frágeis e sensíveis ao calor e à intensidade da luz solar. Seu Romualdo e dona Dulce não têm mais filhos pequenos para cuidar e direcionam toda a sua atenção e afeto para mim. Ela capricha na minha comida e na arrumação da casa e toma conta de mim como se eu fosse filha dela. Cerca de trinta anos atrás, o casal conheceu Licco e Berta, e foi convidado a trabalhar exatamente no berçário de mudas, que estava sendo iniciado. Na época, meu avô era o capataz da fazenda e, junto com a esposa e duas filhas, ocupava a casa menor. Depois do fatídico acidente ao qual sobreviveu apenas minha mãe, Romualdo e Dulce apareceram como substitutos naturais, mudaram-se para a mesma casa e passaram a tomar conta da fazenda. Durante algum tempo eles ainda cuidaram da minha mãe e testemunharam o breve romance dela com Licco. Quando eu apareci, de surpresa, quase vinte anos mais tarde, eles me receberam com tanta emoção e carinho que eu imediatamente me senti em casa naquela fazenda.

Em geral, de manhã cedo, quatro pessoas trabalham no berçário e, durante as visitas, eu converso muito com elas. Assim, acabei conhecendo a vida de todos. Uma coisa é muito certa: a vida no interior amazônico, embora simples, não é nada fácil, e mesmo sem querer acabo me envolvendo com as dificuldades de cada um. Coisas do cotidiano – problemas com a saúde ou com a escola das crianças, filha prematuramente grávida, briga com o vizinho ou desentendimento com o irmão. Eu escuto e dou conselhos sobre uma imensa variedade de assuntos. Enfim, apesar da pouca idade, eu sou a patroa, estudei na faculdade – o que para eles é motivo de bastante prestígio –, sou muito respeitada e chamada por todos de doutora. Duas vezes por semana, depois do berçário, costumo ir até o centro de Maués fazer compras ou despachos para algum cliente e resolver todo tipo de pendência. Às vezes vou visitar os Magaldi, que são amigos de longa data, desde os tempos do meu pai, e fico com eles para o almoço. Temos muitas coisas em comum para conversar – eles também plantam pau-rosa, trabalham com copaíba, e nós frequentemente trocamos ideias. Depois do calor insuportável do meio-dia, eu visito a plantação, fileira por fileira, desde as árvores do meu pai até aquelas plantadas na semana passada. Ali encontro as mesmas pessoas do berçário agora fazendo a limpeza e a manutenção do plantio. Quando não tem visita, à noite converso com dona Dulce, que sempre se recorda de episódios novos da linda história de amor dos meus pais, ou então vejo televisão, leio muito e falo ao telefone. A internet ainda não é muito boa em Maués, mas graças a Deus está melhorando, e logo deve se tornar mais uma opção para eu me conectar com o mundo. É claro que sinto falta da agitação da cidade, dos amigos, do cinema, do shopping, dos restaurantes e do cabeleireiro, mas suporto tranquilamente a quietude da fazenda durante meses a fio se for necessário porque é um lugar que faz com que eu me sinta muito protegida e posso ler o quanto desejar por horas e horas sem nenhuma interrupção, hábito que adquiri com meu pai, que estava sempre com um livro na mão.

Oleg também se sente em casa aqui. Ele e Alice têm seu quarto sempre disponível e nos alternamos nessa rotina, uma temporada na fazenda e outra em Manaus. Ele tem o maior prazer em se dedicar à plantação, à produção e à distribuição do nosso produto, considerado nobre por muitos dos grandes fabricantes de perfumes e cosméticos. Nosso trabalho conjunto tem dado bons frutos – nos entendemos muito bem, apesar da enorme diferença de idade. Eu o trato como tio, embora ele seja meu primo de primeiro grau. Além de parentes, somos amigos e temos interesses e aspirações parecidas. Todas as vezes que ficamos perto um do outro por mais tempo, me surpreendo comigo mesma – a presença dele me dá a mesma sensação de conforto e segurança que experimentei apenas na convivência com uma única pessoa no mundo: meu pai. Essa transferência de sentimentos talvez tenha a ver com uma associação que faço entre o que sinto em relação a Oleg e o que minha mãe sentiu quando, muito jovem, se apaixonou por Licco, bem mais velho que ela, embora no meu caso seja um sentimento diferente por não haver nenhuma atração física ou fantasia amorosa em relação a Oleg. Trata-se de um afeto muito puro, que se estende também aos filhos dele, David e Benjamim, que são da minha idade, e assim como eu gostam dos interiores amazônicos e do contato mais próximo com a natureza. Minha identificação com Benjamim é bem profunda. Ele tem origem indígena, esculpida nitidamente em seu rosto. Foi adotado ainda recém-nascido, numa daquelas situações típicas da Amazônia – uma família de colonos perde um filho ainda antes de nascer e, para preencher o vazio, adota um indiozinho, o qual por alguma razão não é bem-vindo à sua tribo. Neste caso, a família eram tio Oleg e Alice, e o menino era neto do tuxaua Genival, da tribo Macuxi da Raposa

Serra do Sol, em Roraima. Eu também sou cabocla e carrego essa mesma carga genética – até onde sei, minha avó, mãe da Laura, era filha de índia Sateré-Mawé, da região de Maués – o que talvez explique meu apego mais forte a Benjamim.

Conheci Licco, meu verdadeiro pai, bem no fim de sua vida, quando ele tinha 90 anos de idade. Até então, eu não sabia nada sobre o vínculo forte da família da minha mãe com a cidade de Maués, e muito menos que meus ancestrais por parte de pai vinham da Europa, da distante Bulgária. Desde que conseguia lembrar, morávamos na cidade de Tefé e, para mim, nossa pequena família se resumia só a mim e a meus pais, Laura e Antenor. A explicação para a linhagem ser tão reduzida era bastante convincente. Minha mãe, Laura, ainda menina, foi a única da família a sobreviver a um trágico acidente automobilístico e Antenor, filho único, ficou órfão muito cedo, foi criado pela avó e à época não tinha parentes vivos. Então, em 2010, quando eu tinha 17 anos, de repente a família ficou menor ainda – minha mãe contraiu dengue pela terceira vez seguida, a doença evoluiu de maneira rápida para a fase hemorrágica, o tratamento simplesmente não deu resultado e ela se foi em poucos dias. Em vida, minha mãe pouco tinha contado sobre seu passado para mim, mas, na hora da morte, conseguiu convencer Antenor de que eu tinha o direito de saber da minha verdadeira história, e o fez prometer que me apresentaria ao meu pai biológico. Assim, semanas depois da partida da minha mãe, eu soube que Antenor, na verdade, era meu padrasto: fui apresentada ao meu verdadeiro pai, Licco Hazan, que até então nem suspeitava da minha existência, e conheci minha nova família judia. Pelo meu pai eu soube que devo meu nome, Rebeca, à minha avó, falecida muitos anos antes na distante Bulgária, onde os Hazan moravam havia séculos. Lembro que, depois da nossa primeira conversa, precisei procurar no atlas a localização exata daquele exótico país europeu sobre o qual eu não sabia absolutamente nada.

Eu tinha apenas 17 anos e fiquei muito mexida na época – perder a mãe tão abruptamente já era traumático o suficiente e, não bastasse isso, apareceram um montão de novos e desconhecidos parentes, outro pai, irmãos e primos. Foi muita coisa ao mesmo tempo. A isso se somou, dois anos mais tarde, a repentina morte do Licco. Sorte que ele deixou a família bem unida e preparada para seu desaparecimento. Meu novo pai ainda teve a generosidade de cuidar do meu futuro e deixou em seu testamento uma parte dos seus bens para mim. Sou muito grata a ele e aos meus irmãos, que tiveram a grandeza de acatar a vontade dele sem nenhuma hesitação, mesmo que legalmente Licco nunca tenha sido meu pai – em termos oficiais eu permaneço registrada como filha da Laura com o Antenor.

Em respeito à minha mãe e ao Antenor, ainda sou católica e nunca considerei me converter ao judaísmo, embora veja com muita admiração os ritos da religião e, mesmo não sendo judia, me sinta tão parte da família

Hazan. Meu pai, sábio como sempre foi, antes de morrer escreveu uma carta de despedida e nela sacramentou essa escolha, que todos aceitamos de bom grado. Na nossa família tem mais uma não judia, Maria Bonita – no caso dela, isso não se deve a laços de sangue, mas ao puro reconhecimento de mérito, já que ela criou com muito sacrifício tia Alice como se fosse filha dela.

Depois de conhecer a história de amor dos meus pais, estou convencida de que não existem culpados pelo desencontro deles. Ninguém na época poderia ter previsto os acontecimentos que causaram a separação deles. Tive o privilégio de conviver com meu pai durante alguns poucos anos, já no fim de sua vida, e ele me ensinou muitas coisas e, o mais importante de tudo, eu aprendi a amá-lo. Me acostumei a pensar que fui abençoada com dois pais igualmente queridos e efetuosos, Antenor e Licco. A figura paterna, portanto, eu tinha de sobra, faltava-me agora encontrar um homem que eu pudesse amar e que pudesse me amar de volta na mesma medida. Mas eu seguia confiante de que, na hora certa, como me assegurara Licco, essa pessoa apareceria.

Não lembro exatamente quando a ideia de uma expedição pelo Parque Nacional Montanhas do Tumucumaque começou a ganhar corpo. Não foi algo que arrebatou a todos de cara, nem obteve apoio imediato. Foi um processo lento e gradual – primeiro, mais que naturalmente, surgiu a ideia de fazer um passeio puramente turístico pelo Amapá, começando pela capital, Macapá, e a famosa Mazagão, que, de acordo com tio Oleg, é a única cidade do mundo que atravessou inteira o Atlântico e existiu em três continentes. Dali são apenas duzentos e poucos quilômetros de terra batida e piçarra até a pitoresca Laranjal do Jari, também conhecida como Beiradão, por causa das palafitas. Perto de lá tem uma coisa que não tem nada a ver com nosso objetivo principal, mas que vale a pena conhecer – os restos do que alguns consideram um dos mais ambiciosos programas de desenvolvimento do mundo e outros, apenas um capricho insano de um homem muito rico: o projeto monumental do bilionário norte-americano Daniel Ludwig, que marcou a região amazônica nos anos 1970 e 1980. Depois dessa introdução, começaria a parte mais importante da nossa viagem – a Cachoeira de Santo Antônio e a sepultura do alemão Joseph Greiner, com um símbolo nazista. O atrativo desse passeio tão amazônico pouco a pouco se tornou absolutamente irresistível, ainda mais porque existia estrada e o acesso não era tão difícil. De repente já não era um *se*, e sim um *quando*.

Não faltaram candidatos para a viagem, tanto da família quanto do nosso círculo de amigos. Desde o começo aderiram meus irmãos Daniel e Sara e meus primos Oleg e Alice e os filhos deles, David e Benjamim. Oleg ainda convidou o amigo e sócio dele dos tempos do extinto arrozal de Roraima, Antônio Costa, e, na última hora, o grupo cresceu com a adesão da Maria Bonita.

Já éramos tantos que, após a tomada da decisão, foram necessários três meses para conciliar o tempo livre de cada um. O passo seguinte foi encontrar um ônibus confortável e uma picape com tração nas quatro rodas, e, o mais importante, contratar dois motoristas que conheciam bem a região e as condições da estrada. Tínhamos um guia turístico de luxo com bom conhecimento da região do rio Jari – nosso amigo, professor Caio, o mesmo que tinha acompanhado meus tios Oleg e Alice na primeira visita deles à região. Caio foi uma das melhores heranças do professor Lauro Barata, figura importante na recuperação da plantação de pau-rosa. Quando tio Oleg e eu assumimos a Amazon Flower, imediatamente pedimos ajuda e assistência na recuperação da plantação ao professor Lauro, notório conhecedor da espécie. Na ocasião, ele apresentou seu aluno, Caio, que ficou encarregado de acompanhar de perto a evolução do nosso cultivo. Como Lauro previra, seu discípulo dispunha de mais tempo e se dedicou com afinco ao projeto. Gostamos dele de imediato – Caio é muito educado e discreto, além de ter conhecimentos profundos na área que nos interessava. Trabalhamos próximos um bom tempo e foi impossível não reparar nele como homem. Fisicamente, ele parece mais ser um atleta que um sisudo professor de química. É alto e esbelto, os músculos se fazem notar apenas de maneira discreta e sua figura é incrivelmente bem constituída e proporcional. Com o tempo, foi inevitável extrapolar a relação de trabalho, e pude perceber que tínhamos algumas afinidades muito impressionantes, sobretudo no que se referia a filmes, livros e músicas, mas também no humor, além de ambos termos muito prazer em pescar. Descobri essa paixão dele pela pesca por acaso – uma vez, nas férias, ele veio a Maués acompanhado da esposa, Elisângela, e do filho, Matheus, e eu o vi de manhã cedo arremessando na beira do rio. Convidei-os para pescar tucunaré no fim de semana no Lago Grande, na margem esquerda do Paraná do Urariá, a duas horas da nossa fazenda. Elisângela não ficou entusiasmada, alegou que Matheus era muito pequeno para ficar durante horas na canoa, mas Caio prontamente aceitou meu convite. Saímos bem cedo pela manhã e passamos o dia inteiro dentro da canoa. A pescaria foi muito boa, a conversa, melhor ainda, e confesso que gostei da proximidade física com aquele homem. Me censurei na hora e por sorte ele não reparou nada. Depois daquela pescaria, toda vez que ele vem nos visitar já deixo a canoa à disposição. Às vezes ele vai só, às vezes ele convida nosso amigo Carlos Zanoni, às vezes eu vou junto, mas a pescaria sempre faz parte do lazer dele. Tio Oleg brinca que, se Caio não fosse casado, eu seria a candidata ideal para ser companheira dele. Sempre parto do princípio de que homem casado já era, e não gosto muito dessa brincadeira, provavelmente porque ela tem um fundo de verdade. Embora seja bastante atraente, Caio tem família para cuidar e eu o prefiro como amigo e conselheiro. Reconheço que estou bastante carente e que minha vida íntima deixa a desejar, mas não estou desesperada. Sei bem que os homens costumam fugir de mulheres muito afoitas, e eu gosto bastante de mim mesma para sair me atirando para cima de qualquer um. Sinto que mereço alguém que saiba me amar e acredito que uma hora essa pessoa há de aparecer. Além disso, a verdade verdadeira é que depois do inocente primeiro namorico com um rapaz ainda na escola em Tefé, ninguém mais conseguiu balançar meu coração. De vez em quando até que tento e já tive mais alguns namoros, mas nenhum relacionamento chegou a me empolgar. É quase sempre decepcionante. Às vezes penso que o fato de estar cercada por homens tão interessantes como os da minha nova família me fez exigente demais.

Durante os preparativos do passeio para o rio Jari, apareceram alguns fatos novos que aumentaram ainda mais nosso interesse em investigar o que realmente acontecera naquela expedição alemã. Meio que por acaso achamos na internet uma cópia do filme produzido pelos alemães que fora exibido com bastante sucesso nos cinemas do Terceiro Reich em 1938. Dava para identificar alguns dos rostos da expedição e ainda ter uma visão das belezas selvagens de Tumucumaque. O mais impressionante foi assistir ao primeiro contato dos índios com um homem branco. Achei Pitoma, o primeiro e mais importante indígena que os brancos encontraram durante sua estada na Amazônia, especialmente interessante – os alemães o batizaram com o nome Winnetou, que, segundo Oleg, vem do caráter ficcional do índio apache norte-americano, criado por um escritor alemão muitíssimo popular no início do século passado.

– Para ter uma ideia, na sua época, na literatura mundial, Winnetou podia ser comparado em popularidade ao Harry Potter de agora. Karl May é provavelmente até hoje o escritor alemão mais editado da História. No Brasil, os livros sobre Winnetou tiveram várias edições entre 1930 e 1983 – nos contou Oleg.

Argumentei que, embora lesse bastante, estranhamente, até então, nunca tinha ouvido falar do tal Winnetou nem do escritor Karl May.

Oleg sorriu e completou:

– Muitos especialistas em literatura alemã franzem a testa quando se fala em Karl May, mas o fato é que os livros dele foram devorados por mais gente que as obras dos monstros sagrados Goethe e Schiller juntos. Ele encantou gerações de leitores especialmente na Europa. Eu fui um deles!

Ainda estávamos com o livro *Enigmas do inferno na selva* atravessado em nossos pensamentos, escrito num alemão que pouca gente conseguia ler, quando apareceu uma luz no fim do túnel. Meu irmão, Daniel, descobriu uma pessoa em Santa Catarina que não apenas lia o tal alemão gótico, como também havia aceitado a tarefa de traduzir alguns trechos que julgássemos mais importantes e fazer anotações em português ao lado de outros. A má notícia era que esse trabalho ainda podia levar meses...

Descobrimos também que, para a nossa sorte, mais alguém recentemente tinha se interessado pelo assunto. O jornalista alemão Jens Glüsing tinha publicado em 2008 o livro *O projeto Guiana: uma aventura alemã na Amazônia*, ainda não traduzido para o português, que se revelou muito importante na elucidação e confirmação de alguns fatos. Assim que descobrimos essa nova fonte, compramos o livro em alemão, mas escrito com letras do alfabeto latino e, portanto, fácil de ler. Para a primeira leitura, entregamos a obra para uma conhecida que fez pós-graduação na Alemanha e falava a língua. Ainda era muito cedo, mas eu adorei os primeiros comentários. Ela afirmou que o escritor comparou a descrição dos alemães dos lugares visitados pela expedição em 1935 com sua própria visita recente, em 2005, setenta anos depois, aos mesmos lugares nas selvas do Tumucumaque. Saber disso foi muito importante, porque como fonte para a comparação ele usou *Enigmas do inferno na selva*, exatamente aquele livro que tio Oleg achara na biblioteca do meu pai e estava sendo traduzido em Santa Catarina.

Estávamos chegando a um ponto das nossas investigações em que, pela primeira vez, eu tinha a sensação de estar perto, a um passo de desvendar os mistérios que rondavam aquela expedição.

Saímos de Manaus num domingo, voamos duas horas até Belém e depois mais uma hora até Macapá. Chegamos no início da tarde e, mesmo antes de nos acomodarmos no hotel, acompanhados pelo professor Caio e a esposa dele, Elisângela, fomos conhecer o marco principal da cidade, a Fortaleza de São José de Macapá, construída a mando do Marquês de Pombal em 1782. A edificação, que segue os padrões da engenharia militar francesa do século XVII, fica numa localização absolutamente estratégica na foz do Amazonas, e realmente impressiona pelo tamanho e imponência. Por um instante, a vista daquele mundo de água de cima das muralhas nos transportou para mais de duzentos anos atrás, quando aquela fortificação e seus canhões foram importantes na defesa do Brasil Colônia.

A parada obrigatória seguinte foi aquela que qualquer turista faria – o Marco Zero, formado por um relógio de sol, uma simulação da linha imaginária do Equador e um gigantesco bloco de concreto, com 30 metros de altura, que simboliza a divisão dos hemisférios. O interessante de estar com Caio por perto nessas horas eram as informações que ele agregava. Ele nos levou para conhecer o estádio municipal de futebol, que fica bem perto do Marco Zero. Francamente, em um primeiro momento, não achamos aquela arena nada especial, até Caio explicar que a linha de meio-campo passava exatamente onde passa a linha do Equador. Era o único estádio do mundo onde um time podia tomar gol no hemisfério sul e fazer gol no hemisfério norte. Durante o jogo, os jogadores cansavam de cruzar o Equador, correndo para cá e para lá, e, no intervalo, os times ainda trocavam de hemisfério.

À noite, Caio e Elisângela nos levaram a uma peixaria perto do hotel. A culinária amapaense é sem dúvida mais próxima da culinária do Pará que da culinária do Amazonas. Provamos e aprovamos o prato mais típico da região, que é o camarão no bafo, e saboreamos uma pescada deliciosa. Caio teve bom gosto na escolha do cardápio e, devo reconhecer, também na escolha da esposa. Não tinha como não notar com uma pitada de inveja que a beleza física da Elisângela encantava os homens. E intimidava as mulheres. E ela sabia disso.

Durante o jantar, meu primo David aproveitou para mostrar seus conhecimentos sobre a história e a geografia da região.

– Até 1943, quando foi criado o Território Federal do Amapá, as terras encostadas no Oceano Atlântico, no extremo nordeste do Brasil, faziam parte do Pará. Certo, Caio? – provocou ele.

Caio confirmou e complementou dizendo que o atual estado era limitado a nordeste pelo oceano Atlântico, a leste, pela foz do rio Amazonas, ao sul e oeste, pelo estado do Pará, a noroeste, pelo Suriname, e a norte, pela Guiana Francesa.

Ainda aprendemos que, embora não tenha nem um milhão de habitantes, o Amapá é bem maior em território que Portugal, e que Macapá é a capital e a maior cidade do estado, com quase 850 mil habitantes. Depois vem Santana, Laranjal do Jari, Oiapoque e a cidade de história única, que iríamos conhecer no dia seguinte, Mazagão.

Caio complementou o que Oleg já nos contara:

– A origem do nome Amapá provavelmente vem da árvore amapazeiro, que é típica da região. Ainda existem outras teorias, já que, no idioma Tupi, amapá significa "o lugar da chuva", e, em nheengatu, outra língua indígena, "terra que acaba" ou "ilha".

Com exceção de Daniel, Oleg e Alice, todos estávamos visitando o estado do Amapá pela primeira vez, e ficamos impressionados com o tamanho do delta do rio Amazonas naquele lugar. E, claro, não faltaram elogios à pescada e ao camarão no bafo.

A conversa continuou mais um pouco no saguão do hotel. Daniel contou que a capital ainda abrigava algumas famílias judias remanescentes dos tempos áureos da borracha:

– Nas sepulturas do cemitério judaico de Macapá é fácil encontrar alguns dos mesmos sobrenomes de famílias judias marroquinas que encontramos em Manaus, Belém e em toda a Amazônia: Zagury, Pazuello, Gabbay, Bemergui, Tobelem, Alcolumbre...

Antes de subirmos para os quartos, Daniel lembrou um fato curioso: em 1935, quando a expedição alemã chegou à cidade, o prefeito era Moisés Eliezer Levy, um judeu, personagem marcante na história da cidade, tanto que o trapiche onde passamos o final da tarde e onde estava localizado nosso hotel foi idealizado por ele e carrega seu nome até nossos dias.

Nosso segundo dia de viagem começou com uma rápida visita ao Museu Sacaca, que, além de um auditório, uma casa de leitura e diversos outros ambientes abriga também uma exposição a céu aberto na qual pudemos conhecer um pouco do cotidiano das comunidades locais, com réplicas das casas dos ribeirinhos e de diferentes etnias indígenas e também uma casa de produção de farinha de mandioca. Outra atração é um pequeno curso d'agua com um barco regatão típico da região na época áurea da borracha.

No museu Sacaca também se aprende um pouco sobre a maior tradição cultural da região, composta por missas, bailes, danças e outros rituais de origem africana, chamada de "ciclo do Marabaixo".

Depois desse início instrutivo, embarcamos em nosso ônibus e partimos para Mazagão.

No ônibus, sentei-me junto aos meus primos, David e Benjamim, e conversamos bastante durante a hora que demoramos para chegar. Meus primos e eu somos da mesma geração e isso sem dúvida facilita e estimula muito nosso convívio. David tem três anos a mais que eu, e Benjamim é apenas alguns meses mais velho. Fisicamente os dois irmãos são bem diferentes: de pele clara, alto e bonitão, David é muito parecido com Oleg, enquanto Benjamim é mais moreno e carrancudo, e seu rosto tem traços nitidamente indígenas, iluminados por olhos amendoados que impressionam por sua expressividade e chamam a atenção pela cor indefinida, ora verde, ora cinza, tonalidade muito parecida com os olhos da mãe dele. Para quem conhece a história, é um pouco surpreendente: Benjamim foi adotado quando bebê e não tem nenhum laço de sangue com Alice, mas, estranhamente, as pessoas logo os identificam como mãe e filho. Oleg às vezes brinca que a convivência intensa e o amor recíproco os tornaram muito parecidos.

Como não podia deixar de ser, a conversa fluiu para a impressionante história da cidade que iríamos conhecer em seguida.

– Acabei de ler o livro *Mazagão: a cidade que atravessou o Atlântico*, do Laurent Vidal – contou David. – Existem muitos trabalhos escritos sobre a cidade, mas esse é o mais completo e o mais bem-feito. Sei que não sobrou muita coisa da presença dos portugueses por estas bandas, mas mesmo assim não vejo a hora de conhecer Mazagão Velho de hoje, que em outros tempos já foi Nova Mazagão, idealizada pelo mesmo Marquês de Pombal responsável pela construção do forte de Macapá.

O ônibus parou na praça central em frente à igreja. Tudo estava bem organizado: uma senhora de meia-idade nos esperava. Ela então cumprimentou o professor Caio e se identificou:

– Sou sua guia. Meu nome é Juliana. Esta é a igreja de São Tiago.

Logo recebemos a informação de que, no exato local onde estávamos, todos os anos no mês de julho acontecia a festa de São Tiago, uma mistura de rituais religiosos e teatro a céu aberto, que representa a guerra entre mouros e cristãos. Juliana informou que a fortaleza de Mazagão em terras marroquinas se encontrava sob o domínio da Coroa portuguesa desde 1486, com a importante finalidade de dar apoio e abastecer os navios portugueses que se aventuravam nas grandes navegações. Com uma boa dose de orgulho, Juliana contou que, durante quase trezentos anos, a pequena guarnição da fortaleza resistiu a vários cercos muçulmanos, muitas vezes sem nenhuma ajuda da metrópole. A mais famosa vitória lusa aconteceu no cerco de 1562, quando 120 mil mouros não conseguiram derrotar menos de 2 mil corajosos gajos portugueses. Após a morte de 25 mil mouros e apenas 117 portugueses, o cerco finalmente foi levantado.

Aprendemos que o ano 1769 marcou o fim da presença portuguesa no norte da África. A essa altura, Mazagão custava muito caro e não atendia mais aos interesses marítimos, comerciais, administrativos e religiosos de Portugal. Após a assinatura de um tratado de paz com o sultão Maomé III, Mazagão, a última fortificação portuguesa em Marrocos, foi finalmente evacuada por ordem do Marquês de Pombal, ministro do Rei José I.

A nossa guia contou que, na hora da evacuação, o Marquês de Pombal já tinha decidido não assentar a população de Mazagão em Portugal, mas transferi-la para a Amazônia, onde a presença portuguesa deixava muito a desejar. Essa viagem só de ida se transformou então em uma longa odisseia. Após abandonar seus lares em Mazagão africana, todos os evacuados tiveram que esperar em Portugal por seis longos meses antes de atravessar o Atlântico. O ministro tinha ordenado a urgente construção da vila Nova Mazagão, só que a construção demorou muito mais que o esperado. As famílias chegaram à cidade de Belém em 1770, mas o assentamento se prolongou por dez longos anos. Então, em 1783, houve uma grande epidemia de malária e os desafortunados sobreviventes, em pânico, abandonaram a cidade. No local permaneceram apenas alguns poucos escravos cujos descendentes vivem em Mazagão Velho até hoje.

– Eles fazem questão de dizer que são descendentes de escravos que vieram da Mazagão africana com seus amos e detestam ser confundidos com quilombolas – completou nossa guia.

Andamos uns poucos quilômetros de ônibus e paramos próximo a umas ruínas que tinham sido escavadas recentemente.

– Estamos vendo os alicerces da igreja com aproximadamente 40 metros de comprimento. Esta foi a maior construção portuguesa que os arqueólogos descobriram nesta área. Das outras construções portuguesas quase nada sobrou.

Depois do almoço, Juliana se despediu e nós seguimos viagem rumo a Laranjal do Jari.

De Mazagão para frente não existia asfalto. A estrada era de terra batida e piçarra e estava cheia de buracos. Choveu um pouco e pudemos entender por que necessitávamos de um segundo carro de reserva e apoio, que até então apenas nos acompanhava. Por sorte a chuva logo parou, o que fez as cinco horas de chacoalhar mais suportáveis e menos perigosas. Aproveitamos o tempo e conversamos sobre Mazagão e uma variedade de outros assuntos. Alguém mencionou que a Amazônia é repleta de histórias de gente do Nordeste brasileiro, além de portugueses, espanhóis, judeus, árabes e até japoneses que foram para a região atraídos pelas riquezas naturais e depois tiveram que fugir perseguidos pela miséria e pelos mosquitos, por malária, dengue e outras pragas. Tia Alice contou que atualmente ela é a única Melul que ainda reside em Manaus. Nos anos 1960, os pais dela, Benjamim e Nina Melul, quando tentavam reativar um importante seringal no rio Abunã, em Rondônia, foram vítimas de um surto de febre amarela e Alice ficou órfã aos 5 anos de idade. Nessa mesma ocasião, Maria Bonita, que hoje faz parte da família e nos acompanhava nesta viagem, perdeu o marido Adriano e se viu sozinha no mundo com seus dois filhos e com Alice de sobra.

– Com muito sacrifício nossa mãe nos criou e nos deu boa educação. Tanto que meu irmão, Isaías, é hoje um médico muito bem conceituado e minha irmã, Lídia, é uma jornalista de renome. E eu estou aqui passeando com vocês. – Era comovente ver tia Alice chamar Maria Bonita de mãe e considerar os filhos dela seus irmãos legítimos.

Esse tema levou a conversa para como se deu a surpreendente chegada dos judeus marroquinos à Amazônia, iniciada nos tempos de Napoleão Bonaparte e concluída cem anos mais tarde, no início do século XX. Tal assunto é especialidade do meu irmão Daniel, que fez um curto relato sobre o grande êxodo dos judeus da Espanha e Portugal, que teve início em 1492 e terminou em 1496. Perseguidos pela Inquisição, os judeus da Península Ibérica, chamados de sefarditas, tinham se espalhado por todo o Mediterrâneo. Alguns refugiados foram rumo ao império Otomano; outros, para a Holanda; e, pela proximidade geográfica, muitos se dirigiram ao Marrocos. Pouco mais de trezentos anos após esses acontecimentos, em Marrocos uma nova odisseia teve início, desta vez para a distante Amazônia. Daniel relatou que, naqueles tempos, as condições econômicas, sanitárias e humanitárias em Marrocos eram as piores possíveis. Por outro lado, grandes transformações ocorriam do outro lado do oceano Atlântico, no jovem país chamado Brasil: a abertura dos portos em 1808, pouco depois a extinção da Inquisição, a nova Constituição de 1824 e a abertura do rio Amazonas para a navegação de todas as nações, além da conquista da liberdade religiosa.

– A soma desses dois cenários, a vida miserável em Marrocos e a perspectiva cada vez mais atraente de achar uma nova Terra Prometida no Brasil, explica esse êxodo que marcou a Amazônia tão profundamente. Depois da invenção do processo da vulcanização, o mundo passou a demandar mais e mais borracha e, com isso, o atrativo econômico deve ter se tornado realmente irresistível – ponderou Daniel, concluindo seu relato.

– Imaginem só os primeiros judeus marroquinos que chegaram a Belém. Jovens rapazes, logo depois do bar mitzvah, vinham do deserto do norte da África, onde árvores e água são raridades e onde os rígidos costumes muçulmanos impunham um comportamento muito recatado. Chegaram à foz do Amazonas, onde a vegetação era farta e exuberante, havia água em abundância por todos os lados e, imaginem só, caboclinhas e indiazinhas carinhosas prontas para dar cafuné e ansiosas para se amancebar. Era o paraíso na Terra! Na hora de casar, aí era outra história. Muitos mandavam buscar a noiva em Tânger, Fez ou Marrakesh, mas é notório que nos interiores amazônicos existem muitos descendentes daqueles rapazes fogosos – completou Oleg, e todos rimos.

Daniel ainda explicou por que os judeus se espalharam tanto pelo enorme território e não se fixaram nas grandes cidades. Aprendemos que a cadeia produtiva na região amazônica estava confortavelmente ocupada por empresas de Belém e de Manaus que, em sua maior parte, pertenciam a imigrantes lusos, enquanto, no interior, reinavam os coronéis de barranco. Tanto os coronéis de barranco quanto os aviadores portugueses ganhavam bastante dinheiro com a produção e a exportação da borracha, mas também costumavam aumentar seus ganhos com a venda de produtos para o consumo dos seringueiros a preços exorbitantes. Foi exatamente nesse ponto que os imigrantes judeus e sírio-libaneses enxergaram uma possibilidade de entrar naquele jogo de cartas marcadas. Corajosamente, eles enfrentaram os poderes político e econômico e levaram em suas frágeis embarcações diversas mercadorias de primeira necessidade direto para os consumidores finais. Vendiam mais barato e pagavam melhores preços diretamente aos produtores, e foi assim que os regatões judeus e árabes acabaram com o monopólio dos aviadores e dos seringalistas.

– O teu bisavô deve ter começado exatamente assim, Alice. Ele deve ter ganhado tanto dinheiro arriscando a vida atrás do leme do seu barco que conseguiu comprar o seringal "Quatro Ases" e se tornou um homem rico e influente, verdadeiro coronel de barranco. Depois da derrocada abrupta da borracha, o sonho acabou. Quando Licco e Berta chegaram a Manaus, os Melul ainda eram donos de uma casa magnífica e de outras propriedades. Nos anos magros que seguiram, não sobrou nada, e, empobrecidos e derrotados, todos marcharam para o Rio de Janeiro e outras praças mais hospitaleiras – completou Sara.

Chegamos ao Laranjal do Jari quando já havia escurecido. Tivemos sorte – o chacoalho levou apenas seis horas. A programação do dia seguinte já estava definida: iríamos conhecer a cidade e, depois, de barco, atravessaríamos o rio até a cidade planejada de Monte Dourado para conhecer o que restara do grandioso projeto Jari. Depois, ainda faríamos o passeio mais importante na nossa programação até a Cachoeira de Santo Antônio.

O nosso dia começou cedo e prometia ser muito movimentado. O ônibus se espremia entre palafitas de madeira de um lado e algumas construções de tijolos na terra firme do outro lado da rua estreita, que às 8 horas da manhã já estava bem movimentada.

– Nos anos 1970 e 1980, Laranjal do Jari foi considerada a maior favela fluvial do mundo – relatou Caio, que assumiu a sua função de guia. Em seguida, ainda no ônibus, ele descreveu o crescimento desordenado e a ocupação caótica do Beiradão por forasteiros atraídos pela pujança do projeto Jari.

– Era uma fileira de palafitas na qual de dia se podia ver crianças brincando e mulheres lavando roupa no rio coberto de lixo. Nos tempos áureos do projeto Jari, a passarela de madeira na beira do rio abrigava um comércio próspero, muitos bares e bordéis, que existiam em função da Monte Dourado, onde não eram permitidos. Ali aconteceram muitas brigas e morreu muita gente. Hoje o movimento está mais calmo, e uns anos atrás um grande incêndio queimou centenas de palafitas e muita gente se mudou para terra firme. Mesmo assim, a cultura ribeirinha é bastante forte e muitos ainda preferem viver sobre as águas.

Chegamos a um lugar onde dezenas de canoas, algumas com cobertura de alumínio, esperavam pelos clientes. Ocupamos duas, que nos aguardavam munidas de coletes salva-vidas e isopores com água, gelo e variedades de sanduíches.

– São as melhores voadeiras disponíveis, com assentos confortáveis para até oito pessoas e, mais importante, cobertura, que protege do sol – informou Caio.

As canoas saíram em direção à outra margem do rio Jari e, em poucos minutos, atracamos em Monte Dourado. Diferentemente do Laranjal do Jari, a vila era bastante limpa, lembrava uma cidadezinha do interior norte-americano, com suas ruas bem planejadas, casas de tijolos aparentes, água tratada, rede de esgoto e tudo mais. Caio informou que a vila fora construída em 1976 para abrigar os 3.500 moradores que trabalharam na administração do projeto. Dava para ver que o asfalto não estava em bom estado e que algumas casas estavam deterioradas. Mesmo assim, a impressão ainda era positiva.

– Esperem só para ver a fábrica de celulose e a usina. Meu pai trabalhou na administração do projeto e eu passei a minha infância em Monte Dourado e tenho saudade daqueles tempos – confessou Caio.

Um pequeno ônibus nos esperava e, após um percurso de apenas alguns minutos, enxergamos as duas enormes construções, que realmente dominavam a paisagem.

Caio contou que aquelas instalações gigantescas e tecnologicamente avançadas foram construídas no Japão sobre plataformas flutuantes e rebocadas durante 53 dias, passando pelo mar da China, os oceanos Pacífico,

Índico e Atlântico, e percorreram o rio Amazonas até chegarem aqui, num percurso de 25 mil quilômetros. Em uma das plataformas estava instalada a fábrica de celulose, na época a mais moderna do mundo, e, na outra, uma usina de força a vapor para gerar a energia elétrica e o vapor necessários para o processo industrial.

Ainda aprendemos que, para garantir o suprimento de madeira para as fábricas de polpa, papel e laminados, o projeto incluía uma ousada tentativa de plantar uma árvore proveniente da Índia e de Burma, de crescimento muito rápido, que acabou não dando certo nas terras do Jari e por isso foi substituída por pinus e eucalipto. Ludwig pretendia aproveitar todas as possibilidades que as terras do projeto ofereciam e determinou a construção de uma planta de beneficiamento de caulim, das jazidas encontradas a poucos quilômetros rio acima. Nas áreas alagadas de várzea, foi desenvolvido o plantio de arroz, que aproveitava o sistema de marés para encher e esvaziar as plantações de água. Além de arroz, em outras áreas, por algum tempo foram produzidos hortigranjeiros, carne bovina e outros alimentos.

– Já faz anos que esta produção de alimentos não existe mais – a voz do Caio soou triste.

Dava para perceber que todas aquelas atividades econômicas dependiam de uma infraestrutura de estradas, ferrovia, aeroportos, portos e rede elétrica muito bem planejada e executada. Vendo as benfeitorias, dava para entender por que, até terminar sua participação no projeto, em 1982, Daniel Ludwig gastara uma fábula de dinheiro, mais de 1 bilhão de dólares. Antes de entrar de novo no ônibus e voltar para as nossas catraias, que iriam nos levar até a Cachoeira de Santo Antônio, Caio nos reuniu à sombra de uma árvore e fez um breve relato de como tudo acontecera:

– O bilionário norte-americano Daniel Ludwig, um dos homens mais ricos do mundo, comprou, em 1967, uma área enorme, mais extensa que muitos países, sendo a maior parte dela no Pará e o restante, no Amapá. Nos anos seguintes, sempre contando com a cooperação do regime militar, Ludwig investiu pesado, comprou mais terras e gastou em infraestrutura muito mais dinheiro do que planejava quando começou. Tanto que os 300 a 500 milhões de dólares destinados inicialmente para o projeto rapidamente se transformaram em mais que o dobro.

Caio explicou bem não só os pontos altos do projeto, mas também as razões para seu gradual declínio. Ficou fácil entender como e por que problemas como a crônica falta de mão de obra qualificada, as frequentes escolhas equivocadas de equipamentos e procedimentos, a falta de paciência e o entrosamento com as autoridades locais e os resultados financeiros sempre negativos foram se avolumando e se agravando. Ainda mais que, acostumado a vencer, Ludwig demorou a admitir que estava perdendo a batalha e simplesmente preferiu ignorar as evidências de fracasso. Ele colecionou inúmeros desafetos e nunca se preocupou com a imagem negativa do projeto, nem com a opinião pública nacional e internacional, que o acusava de violação da soberania brasileira e de crimes ambientais e trabalhistas. Em 1981, aos 84 anos, cansado dos seguidos prejuízos, desgostoso com o ambiente hostil e aborrecido com as demoras para a obtenção de todo tipo de licenças governamentais, o empresário se desencantou de vez e simplesmente suspendeu os investimentos. Um ano depois, ele ainda conseguiu passar o projeto para um consórcio de empresas brasileiras.

– Para encurtar a história, esta foi uma saída honrosa para Daniel Ludwig, mas a verdade é que a atividade e a importância econômica do projeto Jari nunca mais chegaram nem perto dos tempos de glória, quando Ludwig não media os esforços e acreditava na viabilidade do empreendimento, que deveria ser o maior e melhor da vida dele – Caio terminou seu relato.

Uma atrás da outra as nossas catraias saíram em alta velocidade. Eram 10 horas da manhã e o calor já estava muito forte, mas nós estávamos bem protegidos do sol, as canoas andavam rápido e a brisa refrescava. Navegamos mais de uma hora e meia contra a correnteza e, durante esse tempo, uns conversaram, outros deram um cochilo ou simplesmente contemplaram a floresta que cobre as duas margens, e eu e Benjamim aproveitamos para aprender mais um pouco com o professor Caio. Gosto de conversar e de escutar as explicações dele – Caio realmente conhece muito bem seu estado e tem prazer em falar sobre uma grande variedade de assuntos. Perguntei sobre a história do Amapá e ele contou sobre os primeiros anos, quando aquelas terras faziam parte da antiga província portuguesa do Grão-Pará e eram objeto de constantes disputas com a França.

Aprendemos que Grão-Pará, na época da declaração da Independência do Brasil, em 1822, era um gigantesco e quase ermo território, que compreendia os atuais estados de Pará, Amazonas, Rondônia, Roraima e Amapá. A província tinha mais contato com Lisboa do que com o Rio de Janeiro, e por essa razão demorou para decidir se continuaria com Portugal ou se se uniria ao novo país. Após vários levantes e o envio de missão militar para debelar os revoltosos e manter o Grão-Pará parte do Império, finalmente, em 1823, ocorreu a Adesão do Pará. Não adiantou muito porque a província permaneceu isolada do restante do país e assim, apesar do tamanho, ficou condenada à irrelevância política e econômica cada vez mais gritante.

Sinto quase um prazer físico quando escuto a narrativa do Caio e tenho a sensação de que ele fala só para mim. Sei que ele também gosta de ter a mim de plateia. O rosto dele parece se iluminar a cada vez que percebe que estou encantada e impressionada com as histórias e as revelações de fatos pouco conhecidos, dos quais Caio parece ser fonte inesgotável.

– Temos mais meia hora até chegar perto das cachoeiras e vou aproveitar para contar rapidamente sobre os estragos causados pela adesão malfeita do Pará ao Império brasileiro – começou a contar outra página pouco conhecida da história brasileira. – Aprendemos que a mais marcante consequência da união malfeita com o Brasil foi a Cabanagem, revolta popular extremamente violenta que seguiu a abdicação de Dom Pedro I em favor de seu filho menor. Na mesma época, assim como Grão-Pará, várias outras províncias não estavam satisfeitas e queriam separar-se do Império. Insurreições como Farroupilha, Sabinada e Balaiada estouraram naquela mesma época em todo o território brasileiro. A revolta se iniciou em janeiro de 1835, quando o Palácio do Governo de Belém foi tomado por índios, caboclos e outros marginalizados. Grande parte dos invasores vivia em regime de semiescravidão em cabanas de barro, daí o nome Cabanagem. A eles, em um primeiro momento, se aliaram integrantes da classe média e fazendeiros, todos insatisfeitos com o governo central. O então presidente da província foi brutalmente assassinado e durante cerca de dez meses se estabeleceu o controle cabano, marcado por instabilidade, fragilidade e rivalidades internas. Furioso, o Império reagiu, bombardeou impiedosamente Belém e conseguiu tirar os cabanos do poder na capital, mas eles continuaram a resistir em vários pontos do gigantesco interior amazônico. Determinado a sufocar a revolta por completo, em 1840, o governo central mais uma vez se valeu do poderio militar e promoveu um sangrento extermínio em massa. A Cabanagem terminou com uma carnificina: mais da metade da população masculina foi dizimada e muitas aldeias e, em alguns casos, tribos indígenas e quilombolas inteiras desapareceram por completo.

    Caio ficou um instante em silêncio, e depois concluiu:

– Poucos brasileiros sabem deste episódio sombrio na história do nosso país. De certa forma, a irrelevância do Norte continua até os dias de hoje e o Brasil ainda não tem uma ideia muito clara do que fazer com a Amazônia, embora esteja ciente de que essa é a joia mais valiosa da Coroa brasileira.

    Estávamos chegando numa parte do rio onde a água corre mais. As catraias diminuíram a marcha e fomos encostando na margem direita.

– Chegamos! – anunciou Caio, e iniciamos o desembarque. Com a parada do motor de popa, começamos a perceber um distante e ainda fraco zumbido. A vegetação de arbustos não permitia ver o que estava à nossa frente, mas, passados poucos metros, enxergamos algumas sepulturas. Mais alguns passos e surgiu um pequeno cemitério de onde se sobressaía uma imponente cruz de madeira de lei com o símbolo nazista bem visível esculpido na parte de cima. Alguém soltou um palavrão. Não era nenhuma surpresa, todos sabíamos que iríamos ver aquilo, mas, mesmo assim, foi chocante. A visão daquela suástica no meio da selva amazônica nos deixou atônitos, sem palavras... Maria Bonita teve então a ideia de comparar as fotos de diferentes épocas: a original de 1937 com os índios; a de cerca de quatorze anos antes do escritor e jornalista alemão Jens Glüsing, autor do livro *O projeto Guiana*; a mais recente, do tio Oleg; e as que estávamos tirando naquele momento. As diferenças eram fáceis de constatar. Na foto mais antiga, aquela com os índios, a selva começa logo atrás da cruz e não aparece nenhuma outra sepultura. Todo o texto e a suástica têm fundo pintado de branco, o que facilita a leitura. Na foto de Glüsing, tirada quase setenta anos mais tarde, o cemitério sem dúvidas cresceu, vê-se a selva bem mais distante e mais algumas sepulturas. A cruz está claramente deteriorada, o fundo branco da escrita e da suástica não existe mais e uma cobertura de amianto a protege da chuva e do sol inclemente. A única diferença visível de lá para cá é que a cobertura foi retirada e a cruz está de novo exposta aos fenômenos naturais.

Em silêncio, voltamos para as canoas. Caio distribuiu capas de chuva para todos e avisou:
– Agora vem a melhor parte: vamos para Santo Antônio.
A bem da verdade, o choque causado pela sepultura nazista durou muito pouco. Logo após a primeira curva do rio, à nossa frente começou a se abrir uma paisagem completamente diferente. Com o avanço das catraias, o zumbido foi aumentando e apareceram as primeiras quedas d'agua, que enxergávamos distante de nós, depois apareceram outras, que, no início, não eram muito altas, também do nosso lado esquerdo. Havia cataratas por todos os lados até onde podíamos enxergar, e uma gigantesca ferradura de águas enfurecidas em queda livre. O zumbido agora se transformou em um estrondo cada vez mais poderoso e, de repente, nos encontramos cercados por todos os lados por água caindo e respingando. As canoas chegaram ainda mais perto e adentraram uma nuvem de gotículas suspensas no ar. Vi todos vestindo as capas de chuva e tentando se proteger. Ninguém falava e também nem valia a pena tentar – o estrondo poderoso das águas era ensurdecedor. Um forte arrepio fez meu corpo estremecer – estávamos incrivelmente próximos à fúria sublime da natureza e sua força inimaginável invadia todos os nossos sentidos e expunham à luz do dia a nossa terrível insignificância neste mundo. Após alguns minutos, começamos lentamente a sair da neblina e nos aproximamos de um canto de águas mais calmas, onde havia uma pequena praia e o ruído era menos forte e pudemos conversar. Estávamos todos molhados e era natural querer entrar naquelas águas calmas, e cristalinas. Dali ainda conseguimos

contemplar o fenômeno das águas desabando com violência de uma altura de quase 30 metros. O espetáculo continuava acima das cataratas – pudemos ver ao mesmo tempo múltiplos arco-íris. Foi de tirar o fôlego!

– Hora do almoço – anunciou Caio. Depois daquela manhã agitada e cheia de ação, os sanduíches fizeram o maior sucesso.

Enquanto despachávamos nossas bagagens no aeroporto de Macapá, Oleg se aproximou de mim e disse uma coisa que, nos últimos dias, já tinha passado várias vezes pela minha cabeça:

– Dependendo das novidades que vamos conhecer com a tradução dos dois livros, vamos ter que decidir o que fazer daqui para a frente. Tento imaginar o que é que o tio Licco faria em nosso lugar. Dependendo das revelações, pode ser que valha a pena planejar uma expedição mais radical e conhecer o mundo fantástico e ainda selvagem escondido atrás da Cachoeira de Santo Antônio: as Montanhas do Tumucumaque.

– Se isso acontecer, pode contar comigo – afirmou Caio, que estava se despedindo de mim e ouviu a conversa. – Posso começar a me informar? Na certa vamos precisar de muita organização, além de licença do IBAMA e, quem sabe, da FUNAI.

– Eu adoraria – respondi na mesma hora.

Eu estava especialmente feliz, realizando meu sonho, que começara na ocasião daquela conversa com Oleg e Caio no aeroporto de Macapá. Na nossa frente, protegidas pelo acesso extremamente difícil – cachoeiras traiçoeiras, cascatas, redemoinhos, árvores caídas no leito do rio e todo tipo de obstáculo –, estavam as Montanhas do Tumucumaque, território gigantesco, do tamanho da Suíça, coberto totalmente por selvas intocadas de incomparável beleza. Partimos de manhã cedo de Cachaço, lugarejo que fica perto da Serra do Navio, no Amapá, e avançamos vagarosamente contra a correnteza do rio Amapari em direção a um dos locais mais ermos e preservados da floresta Amazônica. Aquela devia ser a entrada mais fácil para Tumucumaque; nessa parte inicial, o rio devia ter mais de 100 metros de largura e era navegável sem maiores problemas, e ainda estávamos longe das corredeiras.

Nos próximos dias, o sucesso da nossa expedição e até a nossa integridade física dependeria muito do equilíbrio da carga acomodada nas canoas e da habilidade dos timoneiros de escolher a melhor rota e evitar ao máximo o contato com obstáculos invisíveis. As nossas voadeiras, feitas de alumínio reforçado, popularmente conhecidas como "chatas", calavam pouco e eram bem adequadas para a navegação em águas rasas. O bom timoneiro sabe ler a superfície da corrente, e qualquer mudança na velocidade ou no aspecto delas oferece para ele valiosas informações. Sabíamos que enfrentaríamos as águas revoltas de inúmeras cachoeiras, e que o rebojo traiçoeiro das corredeiras colocaria à prova a estabilidade das embarcações, lotadas de carga pesada e volumosa. O lastro tinha que ser muito bem distribuído, por isso levamos bastante tempo para acomodar com muito cuidado as enormes caixas de isopor com suprimentos para no mínimo uma semana: pequeno fogareiro portátil, algumas botijas de gás, pequeno gerador de luz, baldes com reserva de gasolina, redes e mosquiteiros para dormir, duas pequenas tendas, colchonetes, lonas, 100 metros de corda grossa, oito facões grandes, dois machados, cinco remos, malhadeira e, muito importante, um econômico motor de popa de 20 cavalos de quatro tempos que seria usado exclusivamente para pequenos passeios e seria nossa última reserva em caso de algum imprevisto. No comando da canoa maior, de quase 8 metros de comprimento, munida de motor de 60 cavalos, revezavam-se os experientes timoneiros Tonico e Bebeto, que foram conosco de Maués. Eles faziam trabalhos sazonais na plantação de pau-rosa dos Magaldi, mas também atuavam como timoneiros nas nossas pescarias nos lagos do Paraná do Urariá. Na canoa menor, de 6 metros, com motor de 40 cavalos, éramos quatro – Caio, tio Oleg, eu e Samurai, nosso timoneiro, o único de nós que conhecia a região. Ele era um caboclo baixinho, fisicamente muito forte, que falava pouco e prestava atenção a tudo que se passava em volta. Conosco ia relativamente pouca carga – as roupas e os objetos pessoais de cada um acomodados em sacos plásticos, que os protegiam da chuva, algumas ferramentas, uma pequena farmácia, uma sacola cheia de pilhas para as lanternas, peças de reposição para os motores e um telefone Globalstar. O aparelho funcionava via satélite de qualquer lugar e seria muito útil para nos comunicarmos com o mundo em caso de emergência ou para manter o contato com meu irmão, Daniel, e o restante da família, que por enquanto estava acompanhando essa parte da nossa expedição de Manaus.

Se dessa vez tudo corresse conforme o planejado, ainda naquele ano, antes de dezembro, estaríamos prontos para realizar a última parte da aventura, quando Oleg e Caio pretendiam aprofundar a busca pela pequena tribo, descrita pelos alemães no diário da expedição com minúcias. Sabíamos que ela não passava de uma família só, que não habitava mais aquela região. Era um procedimento normal: a existência das aldeias estava condicionada à vida de seu chefe, chamado esemy ou tamuxi. A morte dele resultava na dispersão de seus habitantes, que fundavam novas aldeias ou migravam para outras já existentes. Havia dois caminhos a serem seguidos: procurar no rio Puru do Leste, onde havia uma grande concentração de Aparai, especialmente na aldeia Apalai, também conhecida como Bona, ou penetrar bem mais fundo a região pelo rio Oiapoque, para onde a ajuda social paga pelo governo francês atraiu muita gente.

Nossa canoa roçou em alguma pedra invisível no fundo do rio e, com um movimento brusco, Samurai imediatamente corrigiu o seu curso. O barco maior que nos seguia percebeu a manobra e conseguiu desviar do obstáculo. Essa era a ideia, nós éramos mais leves e íamos na frente, indicando o caminho.

Passado o susto, voltei aos meus pensamentos e lembranças de como tudo havia começado. Desde aquele dia, quando tio Oleg chegou a Maués de Amapá e me mostrou o livro sobre a expedição alemã, tinham se passado quase três anos. Nesse meio-tempo, mostramos as fotos e compartilhamos todas as novidades com a família. Fizemos nosso passeio pelo rio Jari, visitamos a sepultura de Joseph Greiner e a Cachoeira de Santo Antônio, e o tema da expedição nazista na Amazônia se tornou cada vez mais importante nos jantares de Shabat da família Hazan. Nos meses seguintes, depois dessa nossa primeira investida no Amapá, conseguimos colher muitas informações novas sobre a expedição alemã e, para nossa sorte, achamos vários documentos sobre ela nos arquivos brasileiros da época, de 1935 a 1937. Com a ajuda de um tradutor, ainda assistimos várias vezes no YouTube ao filme feito por eles em 1938,

Enigmas do inferno na selva, e lemos o resumo do livro de mesmo título, escrito pelos próprios participantes da expedição. Assim, tivemos acesso ao diário do Gerd Kahle, piloto do hidroavião Seekadett, que mostra detalhes reveladores do dia a dia dos alemães e do convívio deles com os índios e os caboclos. Devoramos o livro de Jens Glüsing, *O projeto Guiana: uma aventura alemã na Amazônia*, e as descobertas foram inúmeras. Quanto mais as portas se abriam, maior ficava a nossa curiosidade. Chamava a atenção que todos os membros da expedição eram muito jovens: o chefe do grupo e estudante de zoologia Otto Schulz-Kampfhenkel mal tinha completado 24 anos; o piloto, Gerd Kahle, e o mecânico de aviões, Gerhard Krause, eram só dois anos mais velhos. Mais tarde, já no Brasil, foi contratado outro alemão, o capataz Joseph Greiner, de 30 anos, o único deles que falava português e alemão e servia de contato com os 21 ajudantes, caboclos locais, que foram fundamentais para o sucesso da expedição. O enigma da sepultura dele ornada com a cruz e a suástica, que despertara tanto o nosso interesse, foi o primeiro a ser desvendado. Tratava-se de pura imprudência: de tanto confiar em sua saúde e força física o alemão não tomara os remédios preventivos, que o tempo todo estiveram à sua disposição, e morreu de febre alta, resultado provável de uma forte malária.

Uma coisa nos impressionava desde o início de nosso envolvimento – os garotos alemães conseguiram com facilidade fundos e suporte político de várias instituições de seu país. Até um hidroavião, que na época valia fortunas. Em seu pedido de autorização de voos dirigido às autoridades brasileiras em 1935, Arthur Schmidt-Elstrop, embaixador da Alemanha no Rio de Janeiro, justificou o uso de equipamento tão sofisticado como sendo essencial para os estudos da flora e da fauna ao longo do rio Jari e para a criação de uma coleção de amostras de animais empalhados e herbários para o instituto Kaiser-Wilhelm, de Berlim. O avião facilitaria também os estudos geográficos e etnológicos, e seria muito útil na produção de fotografias e filmes. À primeira vista, parecia uma coisa inocente, mas logo descobrimos que, em seu pedido pela concessão do avião dirigido ao Ministério da aviação alemã, Otto Schulz-Kampfhenkel usou argumentos completamente diferentes e deixou claro que o uso do equipamento em condições tão adversas e em terreno tão desconhecido podia ter também utilidades menos científicas e mais direcionadas ao exercício militar. Essa suposta expertise, aliada à notoriedade adquirida, explica por que logo depois de seu retorno das selvas brasileiras ele foi imediatamente reconhecido como proeminente especialista em assuntos latino-americanos e promovido a Untersturmführer da SS, a força paramilitar de elite nazista, guarda pessoal de Hitler, comandada pelo Heinrich Himmler. Tanto é que, depois da queda de Berlim, Kampfhenkel foi preso e longamente interrogado pelo FBI em um campo de detenção de criminosos de guerra em Salzburg, na Áustria. Na ocasião, Kampfhenkel confessou que o uso do avião na Amazônia, entre outras coisas, tinha servido para testar novas técnicas de inteligência aérea que ajudariam na descoberta de riquezas minerais e poderiam ser muito úteis no campo militar. Chamou a atenção em seu depoimento, também, o fato de que ninguém menos que as prestigiosas marcas Leica e Agfa se encarregaram do farto suprimento de material fotográfico. A Bayer fornecera generoso abastecimento de medicamentos contra malária e outras doenças tropicais, e as armas de fogo usadas pela expedição eram todas as melhores que a Alemanha produzia naquela época. Nesse interrogatório, Kampfhenkel deixa transparecer claramente a verdadeira razão de ter recebido tanto apoio do instituto Kaiser-Wilhelm e de outros patrocinadores importantes como o fabricante de aviões Heinkel Werke e o Ministério da Aviação. Todas as portas se abriam com tamanha facilidade exclusivamente por causa do apoio da invisível, mas muito poderosa, mão do NSDAP, o Partido Nacional-Socialista dos Trabalhadores Alemães, interessado em manter e promover a aproximação entre Brasil e Alemanha. Não é por acaso que a cruz suástica, maior símbolo do nacional-socialismo, sempre aparecia bem visível nas fotografias do hidroavião Seekadett, e em todas as fotos os barcos da expedição amazônica ostentavam flâmulas nazistas junto à bandeira brasileira.

Não resta nenhuma dúvida de que Otto Schulz-Kampfhenkel era entusiasta simpatizante de Hitler, tanto que, em seus escritos depois de ter retornado da expedição, já como membro da SS, sempre fica patente a concordância plena com a teoria da superioridade da raça ariana. "No futuro distante a raça branca corre um perigo gigantesco de ser subjugada e dominada pela força incomum da raça amarela da nação dos 600 milhões", escreve ele profeticamente sobre a China. "Para sufocar este perigo desde o começo, o Führer deve liderar a unificação da raça europeia, que sempre deverá permanecer sob a liderança da Alemanha."

E tinha muito mais: atônitos, descobrimos que nos arquivos federais em Berlim está guardado um documento antes secreto, com o título "Guayana-Projekt", no qual o especialista em Amazônia e Untersturmführer da SS, Schulz-Kampfhenkel, recomenda explicitamente a invasão e a conquista da Guiana Francesa. Para ele, não era aceitável que a Inglaterra tivesse a Guiana, com sua capital Georgetown; que a Holanda fosse dona do Suriname; nem que os franceses possuíssem a Guiana Francesa, com sua capital Caiena, enquanto a Alemanha não tinha nenhuma base naquela região tão estratégica e rica em minerais. "A tomada das Guianas é uma questão de primeira importância por razões político-estratégicas e coloniais", afirma ele. Em carta ao Reichsführer da SS, Heinrich Himmler, de 26 de abril 1940, Kampfhenkel dá ainda a receita para a fácil conquista daqueles territórios: a aliança com os indígenas e o aproveitamento das boas relações com o Brasil, cujo presidente, Getúlio Vargas, segundo ele, seria admirador de Hitler e de Mussolini.

Apesar das recomendações, prevaleceram outras prioridades, e o Projeto Guiana nunca saiu do papel. A explicação é muito simples: na visão triunfalista dos nazistas, bastava dominar a Holanda e a França e a questão das colônias estaria automaticamente resolvida – após vencer a guerra, bastaria tomar posse.

Depois de analisar os arquivos daquela época, ficou mais fácil entender as verdadeiras razões da investida alemã na Amazônia quase 85 anos antes, bem na véspera da Segunda Guerra Mundial. Ficou bastante claro que, quando a expedição alemã chegou ao Brasil, a finalidade foi primordialmente científica e de marketing político, mas também que, nos bastidores do regime nazista, sempre existiu um velado interesse em pelo menos estudar uma possível invasão militar das Guianas. A bem da verdade, temos que reconhecer que o posicionamento de Kampfhenkel, favorável a essa invasão, só ganhou mais força algum tempo depois da expedição na Amazônia, e não antes, como muitos acreditam.

– Que flores deslumbrantes! – exclamo maravilhada. Estamos avançando contra a correnteza e nossa canoa passa bem perto de uma grande quantidade de lírios de um estonteante violeta que cobrem a superfície da água. Logo percebo que minha alegria é muito inocente. Samurai sorri e explica que a presença dos lírios indica a proximidade de corredeiras e logo descubro que quanto mais lírios, maiores o rebojo e os obstáculos que enfrentaremos. Chega uma hora em que começamos a temer aquelas flores. Mais uma prova de que a beleza às vezes sabe ser feia. Logo depois de uma das inúmeras curvas, esbarramos em uma cascata com significativa queda d'água. Aí começa a primeira operação que nos acostumamos a fazer com grande frequência nos dias seguintes. Encostamos nas rochas, descarregamos as canoas quase completamente, tiramos os motores e carregamos toda a bagagem por cima das pedras para o outro lado. Todos os homens entram na água, que é limpa e geladinha, e, com a ajuda de longas cordas, rebocam contra a correnteza as canoas vazias, mas mesmo assim bastante pesadas, para o outro lado da cachoeira.

Terminada a travessia, ainda ofegante, tio Oleg exclama:

– Não posso deixar de lembrar de um quadro do pintor russo Ilia Repin, que se chama "Burlaki na Volge", ou, traduzido, "Rebocadores do rio Volga". A obra retrata alguns homens que, de tanto esforço, parecem quase cair de exaustão, a rebocar a sirga, uma barca pesada, muito maior que a nossa, contra a correnteza do grande rio. Só na virada para o século XX os rebocadores humanos, que eram comuns na Rússia até então, foram substituídos por máquinas a vapor. Aquela obra representa um símbolo e uma homenagem à resiliência teimosa da espécie humana.

Tento imaginar o esforço que essa curta passagem pela cachoeira exigiria 85 anos atrás, quando os barcos de madeira e todos os outros utensílios pesavam quatro ou cinco vezes mais em comparação com os atuais, feitos de materiais muito mais leves. Os suprimentos e as munições da expedição eram calculados para durar meses, não uma semana, como era o nosso caso, e a quantidade dos itens preciosos coletados enchia várias canoas, que eram tratadas com cuidado especial. Apesar disso, em algumas ocasiões os alemães perderam embarcações repletas de relíquias nas águas revoltas, mas mesmo assim o resultado da expedição foi bastante impressionante: Schulz-Kampfhenkel coletou cerca de 1.500 amostras de animais, sendo que só de mamíferos foram 500, e 1.200 objetos etnográficos das etnias Aparai, Wayana e Wayapi, e ainda tirou 2.500 fotografias e produziu 2.700 metros de filme 16 mm.

Arrumamos de novo a bagagem, dessa vez bem mais rápida e eficientemente, e seguimos viagem. Sem dúvidas estávamos aprendendo...

Andamos durante quase uma hora sem maiores incidentes e então aconteceu o que mais temíamos. Apesar dos cuidados do Samurai, dessa vez acertamos em cheio um tronco submerso. Por um momento, a canoa ficou perigosamente inclinada para o lado esquerdo. Por instinto, Oleg pulou na água, aliviou o peso do barco e com sorte deu pé e ainda conseguiu ajudar a canoa a voltar ao equilíbrio.

Tínhamos escapado! Deu para sentir o que nos esperava mais à frente! Depois do susto, ainda respiramos aliviados quando constatamos que a segunda canoa, embora mais pesada e com maior calado, tinha desviado a tempo e evitara o contato com o tronco traiçoeiro. Nossa estratégia estava funcionando!

– A partir daqui vou precisar de um proeiro – anunciou Samurai.

– Pode ser proeira? – me ofereci, orgulhosa, já que conheço o significado da palavra. Antes de receber a resposta Caio já estava sentado na frente do bote com um remo na mão. Ele explicou apressado que tinha alguma experiência na função e que eu precisava primeiro aprender os ossos do ofício.

Concordei a contragosto, mas na verdade achei a atitude dele um pouco rude e machista; só que logo ficou claro que o trabalho do proeiro realmente não era nada fácil. Aparentemente, tio Oleg também conhecia o serviço. Ele se sentou na ponta da segunda canoa e seguimos viagem. Fascinada, acompanhei o diálogo mudo, só com gestos, que o proeiro travava com o timoneiro e fiquei impressionada com como eles conseguiam se entender e confiavam cegamente um no outro. Braço levantado com discreto sinal, Caio indicava a existência de algum obstáculo; com um leve movimento da mão, comunicava a direção a ser seguida. De vez em quando, Caio afundava o remo e media a profundidade, em outras ocasiões, com o remo ele afastava a proa de obstáculos submersos. Dependendo do que fazia ou indicava, Samurai diminuía a velocidade, mudava bruscamente de rumo, depois ainda acelerava e levantava o motor fora da água para evitar o choque com algo que eu nem conseguia ver, mas sentia roçar no casco do barco. O diálogo dos dois homens às vezes lembrava uma dança, que eles executavam com impressionante harmonia e perfeição. A segunda canoa seguia o nosso caminho e, pelo menos até aquele momento, passava pelos obstáculos com relativa facilidade.

De repente, começamos a perceber na nossa frente, primeiro bem longe, e depois cada vez maior e chegando ameaçadoramente perto, o ruído de água caindo. Logo reparamos que a corrente estava ficando mais revolta e, atrás da curva seguinte, demos de cara com uma cascata composta de dois degraus, o primeiro da altura de um homem e, poucos metros depois, o segundo, um pouco menor. Lindos lírios de cor violeta abundavam naquele lugar, que prometia grandes emoções. Samurai procurou águas calmas, encostou a voadeira na margem e deu sinal para a outra canoa fazer o mesmo. Sem entrar na água, ele escalou os dois degraus pelas pedras ao lado, avaliou a situação, e lá de cima anunciou:

– Por hoje foi o suficiente. Precisamos descarregar as chatas e subir todo esse material. Vamos pernoitar aqui.

Pelo jeito, a subida com toda a carga não seria nada fácil e levaria tempo. Mesmo com todas as dificuldades, ou talvez por causa delas, senti Oleg feliz – estava no hábitat dele, fazendo o que mais gostava. A disposição dele surpreendia: meu primo tinha 70 anos e a energia de alguém de 30.

Descarregamos as embarcações e colocamos tudo sobre as pedras, onde a água não chegava. Depois, os homens formaram uma fila e começaram a repassar cada objeto, cada mochila, cada caixa, cada bolsa e cada balde com combustível de um para o outro. Eu fiquei no fim da fila, arrumando e preparando tudo para o próximo lance. A subida pelas pedras era íngreme e com sorte iríamos repetir quatro ou talvez cinco vezes esse procedimento até o ponto de novo embarque. A maior dificuldade era com os motores de popa, que eram pesados, difíceis de carregar, e não deveriam ser danificados de jeito nenhum. A operação levou quase duas horas, e ainda precisávamos arrumar o nosso acampamento antes da chegada da noite.

– As canoas ficam para amanhã – decidiu Samurai, e respiramos aliviados.

Na parte de cima, no nível mais alto, onde tinha início a primeira queda d'agua, havia um pequeno lago e, ao lado dele, um platô coberto de pedras onde a água ainda não chegava. Poucas árvores conseguiram fixar raízes naquele solo inóspito, e isso era ótimo, porque dispusemos do espaço entre elas e fizemos uma fogueira. Além disso, ao redor havia várias pedras sobre as quais dava para se sentar e ainda daria para estender três redes. Naquela primeira noite, os timoneiros preferiram dormir dentro das canoas. Nosso acampamento ficava em um lugar realmente perfeito, e com a chegada da escuridão o céu parecia nos abraçar, e milhares de estrelas ficaram incrivelmente próximas, como se estivessem ao alcance das mãos. A selva exalava um ar úmido, que trazia perfumes exóticos difíceis de reconhecer. Naquela época do ano, muitas árvores estavam florindo ao mesmo tempo, os aromas se misturavam conforme a direção e a intensidade da brisa. Nosso acampamento era ventilado, a temperatura estava muito confortável e não apareceu nenhum mosquito.

Antes de nos acomodarmos nas redes, Samurai contou que os índios Wayana preferem dormir ainda mais perto da água, em redes estendidas sobre algum curso de água. Por isso, estacam três paus compridos no fundo do rio a 5 ou 6 metros de distância um do outro, de modo que possam cruzá-los no ar e assim criar uma estrutura de sustentação para algumas redes. As vantagens eram muitas: ficavam protegidos de cobras, aranhas, escorpiões, onças e até do Jurupari e dos outros espíritos maus. Já os Wayapis, contou Samurai, são conhecidos pelas cabanas suspensas, espécie de palafitas, que ficam a uma confortável distância do chão.

Aquela noite não poderia ter sido mais perfeita – não precisamos usar os mosqueteiros nem os cobertores de lona. Ao mesmo tempo, aconteceram dois milagres muito raros em Tumucumaque: não caiu nem uma gota de chuva e os mosquitos, terríveis guardiões da floresta, não deram o ar de sua graça. De madrugada, ainda fez um friozinho gostoso.

Resolvemos fazer a viagem pelo rio Amapari para conhecer essa parte mais acessível do Tumucumaque, seguindo a recomendação dos especialistas no assunto. Todos insistiram que, antes de nos aventurarmos em lugares mais difíceis, precisávamos aguçar nossos reflexos e testar a nossa capacidade de vencer os obstáculos. Não esperamos nenhum outro resultado prático porque aquela parte da reserva era um espaço enorme, perfeitamente preservado, mas, naquele momento, completamente desabitado. Estávamos apenas nos preparando para a eventual próxima fase no rio Oiapoque, que separa o Brasil da Guiana Francesa, onde as corredeiras são sabidamente muito difíceis. Pensando nessa etapa, levamos agora mais carga e mais peso do que efetivamente precisávamos, com a única intenção de testar nossos timoneiros e aprimorar ainda mais a habilidade deles. Ainda tínhamos de melhorar muito, porque as dificuldades que nos esperavam exigiam preparo e perícia muito maiores.

O fato novo que foi determinante na decisão final e inspirou nossa aventura nas selvas do Tumucumaque de forma definitiva veio quase ao mesmo tempo e de duas fontes: do livro do jornalista alemão Jens Glüsing, *O projeto Guiana: uma aventura alemã na Amazônia*, e de outro livro, *Jari: 70 anos de história*, do historiador Cristóvão Lins, que Caio havia encontrado em uma biblioteca em Macapá. Lins dedica um capítulo inteiro à expedição alemã, e apresenta muitas das fotos tiradas por Otto Schulz-Kampfhenkel e seus companheiros. Os dois livros contam o mesmo fato de forma um pouco diferente. Lins afirma que o líder da expedição, Kampfhenkel, "teria deixado uma filha com uma índia de nome Macarrani. A filha, que era chamada Cessé, era branca e tinha os olhos azuis. O pessoal chamava-a de Alemoa. Ela dizia que era Aparai. Mais tarde, Cessé, que diziam ser muito bonita, casou com um índio da tribo".

Jens Glüsing em nenhum momento contesta a existência da criança, mas acredita que o mais provável pai da "Alemoa" seja Gert Kahle, piloto que, de acordo com o diário da expedição, permaneceu por algumas semanas só com duas índias, uma das quais era jovem viúva e se chamava Macassa. Glüsing suspeita que Macarrani e Macassa sejam a mesma pessoa.

Na verdade, àquela altura dos acontecimentos, já sabíamos o suficiente sobre os verdadeiros motivos da existência da expedição alemã, que tinham despertado tanto a curiosidade do meu pai. Até o aparecimento inesperado da Alemoa, parecia que não havia mais perguntas sem respostas e que já tínhamos alcançado por completo o nosso objetivo. Àquela altura, a curiosidade do meu pai, que originou todos esses acontecimentos, deveria estar totalmente saciada, só que agora todos nós estávamos encantados com as belezas daquela região magnífica da selva amazônica e queríamos saber mais sobre a Alemoa. Ela foi o estímulo que devolveu à nossa expedição a razão de ser – podíamos procurar vestígios não só dela, mas da tribo inteira que estava descrita com minúcias no diário. Já havia se passado tanto tempo que mesmo que encontrássemos os descendentes daquela gente eu não acreditava que a questão da paternidade seria um dia esclarecida. Quem teria sido o pai da Cessé não fazia mais a mínima diferença. Esse assunto sempre tinha sido um tabu, nem era mencionado no livro dos alemães; na época do nacional-socialismo, não era nem admissível que a raça ariana, dita superior, se misturasse com raças inferiores. Passou pela minha cabeça que, na vida real, aparentemente, os hormônios falaram muito mais alto que os preconceitos raciais.

– É altamente improvável que a Alemoa esteja viva ainda – raciocinou Oleg. – Ela agora teria mais de 80 anos, e prováveis bisnetos e trinetos.

– Temos os nomes e até as fotografias de vários membros da família: o irmão da Macassa, Garocomano, a irmã Parassi. Alguma coisa deve ter sobrado dessa gente. E ainda sabemos da existência de outros membros da tribo: Tokaropone, Ponucato e Tuntanpune. – Até Alice estava entusiasmada.

Outro de quem tínhamos muitas descrições e fotografias e que merecia ser procurado era o tal do Pitoma, aquele que os alemães apelidaram de Winnetou. Ele tinha se tornado guia e importante membro da expedição e, com o tempo, havia conquistado a confiança e até a amizade dos alemães. Todos eles eram da tribo Aparai. Naquela região existiam três tribos principais: Aparai, Wayana e Wayapi, sendo que Aparai e Wayana falavam línguas de origem Karib e os Wayapi usavam um dialeto do tronco Tupi. Sabíamos que os Wayana e Wayapi que habitavam o extremo norte do Tumucumaque, na região do rio Oiapoque, travaram muitas guerras entre si no passado, mas atualmente viviam em paz. Por causa da ajuda financeira que recebem do governo francês, grande parte deles, e mesmo dos Aparai, hoje em dia foram para o outro lado do rio Oiapoque e são cidadãos franceses.

Foi mais fácil tomar a decisão de ir atrás dos descendentes da Cessé e do Pitoma que decidir aonde ir procurá-los. Caio contou que em Bona ou Apalai existem dois líderes importantes, um Aparai e outro Wayana, que poderiam ajudar muito. Por meio das amizades com gente da Funai, Caio conheceu os dois num evento em Macapá e recebeu um convite para visitar a aldeia. Seria uma longa viagem de barco, mas ao lado da aldeia existia uma pista de pouso usada com frequência pelos aviões da FAB. Caio aceitou o convite e iria de avião.

– Dependendo das informações que você conseguir, vamos para Oiapoque – eu pensei em voz alta.

– Na verdade, quero ir para Oiapoque de qualquer maneira, independentemente do resultado da minha visita – exclamou Caio. – Dizem que o rio é imperdível de tão lindo. Agora falta tão pouco para realizar esse sonho. Precisamos contratar pelo menos mais um timoneiro que conheça a região, só Samurai é pouco. Temos que arranjar mais uma chata e um motor para ela.

Oleg afirmou já ter um à disposição.

Minha vontade naquela hora era de responder que, na companhia dele, eu gostaria de ir para Oiapoque ou qualquer outro lugar e até para a lua, mas consegui me conter e até me censurei no meu íntimo. Estava ficando obcecada e isso não era legal.

Acordamos com os primeiros raios de sol – na selva, o dia e a noite começam cedo. Após uma xícara de café e algumas frutas, estávamos prontos para continuar. A tarefa que nos esperava não era nada fácil: subir nas canoas passando pelos dois degraus, contra a correnteza, exigiria um esforço e tanto. Sem perder tempo, Samurai enrolou um bocado de corda grossa em volta do braço e entrou na água, que antes da cascata formava um pequeno lago. Passo após passo ele avançou mais de 15 metros contra o fluxo de água até uma rocha, que aflorava só um pouco da água, e amarrou bem uma ponta em volta daquela pedra. Depois de se assegurar de que a corda estava bem presa, ele me chamou e eu entrei na água e fui andando até ele. Naquela hora da manhã, a água estava gelada e incrivelmente transparente. Samurai explicou que com o barco subindo e chegando mais perto entre ele e o remanso da pedra onde eu estava, começaria a sobrar cabo solto e seria muito importante que eu não permitisse que isso acontecesse. A minha tarefa era manter aquele cabo sempre esticado, por isso, cada vez que eu o sentia afrouxar, precisaria dar uma ou mais voltas, sempre enlaçando a corda em torno da pedra para manter a tensão. Fiz algumas perguntas, tirei minhas dúvidas e fiquei de prontidão. Com o bolo de corda enrolado no braço, Samurai avançou meio andando, meio nadando até a beira da queda d'água e lançou todo o cabo para o primeiro degrau da cascata. Em seguida, ele se pendurou na corda e, com habilidade, desceu pela lateral, onde a força da água era menor. Por um instante, eu o vi suspenso no ar, segurei a respiração e só consegui relaxar quando ele finalmente se equilibrou na plataforma entre as duas quedas d'água. Aquele caboclo baixinho e troncudo de olhos puxados, donde provavelmente vinha o apelido Samurai, realmente havia nascido para esse trabalho. De onde estava, precisava adivinhar o que ele estava fazendo, porque só via a cabeça dele e parte do tronco. Dava para perceber que bastante água caía por cima dele, que fazia força manejando alguma coisa, provavelmente a corda amontoada naquele lugar. Em seguida, minhas suspeitas se confirmaram e eu o vi arremessar um bolo de cabo para baixo, onde estavam as canoas.

– Primeiro a chata maior – gritou ele, e imaginei alguém lá embaixo amarrando a ponta da corda na proa da canoa grande. Tonico arremessou um pedaço de pau para o Samurai, que deu duas voltas de corda em torno dele. Assim ele podia puxar mais sem segurar diretamente o cabo, que estava muito escorregadio. Ouvi a voz do Oleg, que anunciou o início da operação. Os quatro homens de baixo começaram a empurrar a canoa com toda a força enquanto Samurai puxava e mantinha a direção para a parte menos íngreme da cascata, tentando evitar ao máximo a entrada de água no casco. A chata avançava devagar contra a correnteza, o alumínio roçava na rocha, uma hora o casco ficou quase em pé, tinha momentos que parecia que não iríamos conseguir, depois ganhamos uns centímetros sofridos, Samurai corrigiu o curso e com um último esforço vencemos o primeiro degrau. Entendi rapidamente a importância da minha tarefa de manter a corda sempre estendida ao máximo. Aquela tensão garantia que a canoa, que era empurrada pela água na direção contrária, não ficasse atravessada e, sim, sempre aprumada no sentido correto. Não podia deixar de jeito nenhum que ela recuasse e atropelasse aqueles que estavam atrás. Eu, na verdade, era o último elo, o freio que garantia o sucesso e a segurança da operação.

Terminada a primeira etapa, os quatro homens subiram pelo lado até a pequena plataforma no meio, Samurai ajeitou o curso da proa e depois escalou com cuidado o segundo degrau até chegar no mesmo nível que eu. Com gestos, ele demonstrou a sua aprovação à minha atuação e eu saboreei a mesma satisfação e orgulho que tinha sentido na minha formatura da faculdade. Estava toda satisfeita, embora minhas mãos ardessem e os músculos dos braços estivessem doloridos.

Escutei o comando de tio Oleg outra vez, e o pessoal de baixo começou a fazer força de novo. Dessa vez o obstáculo era menor, e da minha posição privilegiada eu observei a entrada triunfal da canoa no nosso pequeno lago.

– Meia hora de descanso – anunciou Samurai, ainda ofegante.

A segunda canoa, bem mais leve que a primeira, foi muito mais fácil e levou a metade do tempo. Já conhecíamos nossas tarefas e tudo correu na maior tranquilidade.

A arrumação da carga também fluiu melhor, e às 8 horas da manhã estávamos prontos para continuar a viagem.

– Dona Rebeca – chamou Samurai. – A senhora hoje aprendeu um ofício que vai ser muito útil nos próximos dias, ainda mais se formos no rio Oiapoque e no rio Anotai, como vocês querem. Só que lá não vai ser moleza, não. As cachoeiras vão ser bem mais difíceis.

Provavelmente ele tinha razão, só não entendi onde ele havia visto algum tipo de moleza...

Na hora do almoço, Samurai encostou a chata num local distante das corredeiras e imediatamente todos aprovamos a escolha daquele lugar para nosso acampamento. Tinha até uma pequena praia e árvores frondosas que faziam sombra e só raramente permitiam que os raios do sol chegassem até nós. Atrás da proteção natural das pedras, havia uma piscina de águas cristalinas, e, ao lado dela, um espaço muito bom para armar a fogueira. Conforme planejamos, iríamos passar o restante do dia passeando na floresta e tomando banho de rio. O descanso era muito bem-vindo para todos – eu ainda sentia minhas mãos arderem pelo contato com o cabo, e Oleg se queixava de dores nas costas. As árvores naquele lugar eram majestosas, a luz do sol quase não penetrava, e isso impedia o desenvolvimento de plantas rasteiras e permitia que passeássemos sem maiores problemas, sempre prestando muita atenção para não pisar em falso ou em alguma cobra. O chão era coberto de folhas secas e os pés às vezes afundavam inesperadamente, por isso todo cuidado era pouco. Algumas árvores, como seringueira, copaíba, castanheira e maçaranduba, eu conhecia, mas também havia outras que nunca tinha visto antes e outras cujo nome eu não sabia.

Caio me tranquilizou porque nem ele, estudioso do assunto, conhecia todas. Explicou que, grosso modo, as 2.500 espécies de árvores da Amazônia se dividem em três grupos, pelo critério da distância entre os cursos d'água e a área onde cada espécie prolifera:

– O primeiro grupo abrange as matas de igapó, ou floresta alagada, que ficam na área quase permanentemente inundada e em geral são compostas de árvores baixas e plantas aquáticas. O segundo grupo são as matas de várzea, como seringueiras, jatobás, sumaúmas e copaíbas. Essas árvores sofrem inundações sazonais periódicas. Por último, as matas de terra firme, castanheiras, jequitibás, mognos, maçarandubas, andiroba e açacus, ficam mais distantes da água. Onde estamos agora é sem dúvida terra firme, embora encontremos ocasionalmente uma ou outra árvore de mata de várzea.

Oleg queria saber se naquela área do Tumucumaque iríamos encontrar a maior árvore da Amazônia, angelim vermelho.

– Não – respondeu Caio. – Que eu saiba, mais perto daqui só na floresta estadual do Parú, no Pará. Lá tem várias com 70 metros e, recentemente, mediram uma que tem espantosos 88 metros de altura, quase a altura da Estátua da Liberdade. Estamos falando de verdadeiros tesouros: uma árvore dessas é capaz de reter até 40 toneladas de carbono, a mesma quantidade que 400 pequenas árvores retêm.

– Queria que você explicasse melhor essa questão do dióxido de carbono que muitos acusam de ser o vilão dos problemas ambientais e das mudanças climáticas – insisti.

– Vou tentar – prometeu ele. – Primeiro preciso esclarecer que, ao contrário do que muitos pensam, a Amazônia não é o "pulmão do mundo", e isso não diminui de jeito nenhum a importância da região. A verdade é que o oxigênio que ela produz ela mesma consome. A respiração da floresta serve de filtro, além de controlar a temperatura e a umidade do meio ambiente por meio dos invisíveis rios voadores. Precisamos preservá-los com o mesmo cuidado com que preservamos o rio Amazonas. Essas questões são bastante complexas e demandam mais tempo para uma boa explicação. Primeiro vou convidá-los para a melhor parte do nosso programa: o banho de rio. Enquanto nos deliciamos nas águas do rio Amapari, vou tentar esclarecer melhor o que são os rios voadores e vou responder à pergunta da Rebeca sobre o dióxido de carbono e o efeito estufa.

Sem dúvida o banho foi uma delícia. Passamos uma hora de molho na água limpa e refrescante desfrutando de cada momento. Com água até o pescoço, Caio contou mais um pouco sobre os segredos da grande floresta. Ele explicou que o termo "rios voadores da Amazônia" designa a enorme quantidade de água processada pelas árvores e lançada na natureza em forma de umidade.

– A selva funciona como uma gigantesca bomba d'água que capta água do solo e a lança na atmosfera em forma de vapor, e as correntes de ar se encarregam de espalhar pelo mundo. Uma única árvore de modestos 10 metros de altura transpira em média 300 litros de água por dia, e uma mais frondosa, com a copa mais avantajada, de 20 metros de diâmetro, pode liberar até 1.000 litros. Imaginem a quantidade de líquido precioso produzida pelos milhões e milhões de árvores da Amazônia.

Os olhos do Caio brilharam enquanto ele falava. Como me fascinava vê-lo naquele estado de encantamento.

– Uma parte desse vapor se transforma em chuvas que caem sobre a própria floresta, a outra fica à mercê dos ventos. Estima-se que a quantidade de água transportada pelos rios voadores seja igual ou superior à vazão do rio Amazonas. São 200 mil metros cúbicos de água por segundo. Na prática, a maior parte dos rios voadores são direcionados pelos ventos para o oeste até o paredão de 5 mil metros de altura formado pela Cordilheira dos Andes. O resultado desse represamento gigantesco são as enormes precipitações de chuva e neve, que dão origem às nascentes de vários rios, entre eles a do próprio Amazonas. Outra parte é ricocheteada pelas montanhas para o interior do continente, e abastece fartamente de água o Centro-Oeste, o Sudeste e o Sul do continente. Esse fenômeno explica por que no restante do mundo, nessa mesma latitude, encontramos grandes desertos, enquanto na América do Sul predomina um clima muito favorável para a agricultura. A combinação da floresta tropical amazônica com a Cordilheira dos Andes forma um dos maiores celeiros do mundo. Sem floresta, não haveria rios voadores, a umidade cairia a níveis desérticos e o ar ficaria muito mais quente. Seria um completo desastre para o clima e para a agricultura brasileira e mundial. Deu para entender? Agora vamos preparar nosso jantar e outra hora conversamos sobre o dióxido de carbono e a mudança do clima – prometeu Caio.

Estávamos vislumbrando outra noite espetacular, com direito às últimas bebidas geladas que ainda restavam nas caixas de isopor. Assim que começou a escurecer, Bebeto e Tonico acenderam o fogo e Oleg e Caio começaram a preparar o tradicional churrasco.

– Hoje temos que jantar cedo – sugeriu Samurai. – Estou sentindo a chuva chegar.

Pessoalmente, eu não enxergava nenhum sinal de chuva, não sentia nenhum vento diferente nem via nuvens negras no céu. Ao que parecia, ninguém mais além do nosso timoneiro estava preocupado com a chuva. Caio até convidou Oleg e eu para uma conversa a três após o jantar.

Incrível, mas Samurai realmente acertara mais uma vez: estávamos terminando nosso jantar e o tempo começou a fechar, e não existia mais nenhuma dúvida de que iria chover. Caio, Oleg e eu estendemos nossas redes formando um triângulo, o que facilitava nossa conversa, mesmo que chovesse. Antes de se deitar, Samurai alertou que devíamos instalar também os mosqueteiros e recomendou não esquecer de fechá-los por baixo da rede. Estou acostumada a dormir em rede e também uso mosqueteiro às vezes, mas nunca tinha chegado a esse tipo de cuidado extremo. Normalmente, eu apenas estendia o mosqueteiro por cima da rede e deixava as beiradas caírem livremente do lado. Obedeci meio que a contragosto e ainda segui a outra recomendação de ficar com a lona protetora contra a chuva ao alcance da mão.

– Conforme combinamos, planejei atender ainda este mês ao convite dos tuxauas da aldeia Bona, que agora é chamada de Apalai – começou Caio. – Meu plano é passar uns dias, tomar bastante caxiri e sacurá e conversar com os dois tuxauas de lá. E, claro, vou perguntar se eles ouviram falar da tal Alemoa ou do Pitoma. Quem sabe, podemos ter sorte. Já sei que os raros visitantes são sempre bem recebidos, ficam hospedados no Tukussipan ou Poro'topo, construção redonda coberta de sapé, onde acontecem as festas e as reuniões importantes. Além disso, vou aproveitar e conhecer o rio Paru do Oeste, que, segundo relatos de amigos, está cercado por floresta de árvores gigantescas de beleza excepcional. Só que esse mês não vai dar – continuou ele. – Vou precisar passar umas semanas em Macapá para resolver problemas particulares.

Oleg tinha reparado, e até comentado comigo, que achava que Caio estava preocupado com alguma coisa.

– Desembuche, amigo. – Fui direto ao assunto. – Qual é o problema? Podemos ajudar?

– Não podem. O problema é pessoal e não acho que devo preocupar vocês com besteiras. – Caio ainda resistia.

– Problemas no trabalho? Com tua família? Alguém doente?

Tinha chamado a minha atenção que dessa vez não tínhamos encontrado Elisângela em Macapá. Não perguntei por ela antes até porque, pessoalmente, eu não fazia muita questão de vê-la.

Caio demorou para responder, e ficou claro que o problema estava exatamente ali. Depois, de repente, não precisamos perguntar mais nada, ele começou a falar, no início devagar, medindo cada palavra, e depois desabafando de uma vez só:

– Meu casamento desandou. Eu e Elisângela somos casados há quase cinco anos, Matheus já fez 4. Casamos por causa dele. Elisângela engravidou logo no início do nosso namoro. Éramos muito inexperientes, ela era novinha, mal tinha completado 18 anos, e eu era o primeiro amor dela. Mesmo assim, pelo menos nos primeiros anos parecia que iria dar certo.

Caio se calou por um instante, e nós permanecemos quietos. Eu tinha uma estranha sensação – não era alegria, não era satisfação, mais parecia a angústia de uma doce expectativa. Tentei enxergar o rosto do Caio, mas já estava escuro demais.

"Melhor eu não falar nada", pensei. Minha voz poderia me trair. Também, naquele momento, não havia muito o que dizer.

– Depois, dois anos atrás, mais ou menos, apareceram os primeiros pequenos problemas. Eu sou apaixonado pelo Matheus e sempre quando chego em casa fico brincando com ele até que ele vá dormir. Estranhamente, Elisângela se sente negligenciada e deixada de lado. Imaginem só, a mãe com ciúmes do filho! No início, reclamava que dou pouca atenção para ela, depois começou a ficar cada vez mais irritadiça e eu não conseguia agradá-la de nenhuma maneira. Brigamos por coisas absurdas como em quem votar para deputado, governador e presidente. Não concordamos em absolutamente nada mais. E foi piorando, por uma besteira qualquer, até que dois meses atrás, no aniversário do

Matheus, Elisângela me agrediu verbalmente na frente dos pais dela e de outros amigos. Foi a gota d'água. No dia seguinte saí de casa. Juro que não tem outra mulher envolvida, e acredito que nem ela tenha alguém. Sinto falta do Matheus, ela sabe disso, e aproveita para dificultar meu contato com ele. Parece que tem prazer em me castigar sempre que pode. Estamos nos separando sem nenhuma razão aparente, e não vejo nenhuma possibilidade de voltar atrás.

Por alguns longos instantes reinou o silêncio. Não sabia o que dizer. Qualquer coisa que dissesse soaria falsa, eu bem sei. Passada a primeira surpresa, ficou muito claro para mim que, no fundo, no fundo eu estava adorando a notícia.

De longe, chegavam sons estranhos, difíceis de identificar, que faziam parte do concerto da floresta onde à noite há mais vida que durante o dia. Senti os primeiros pingos da chuva.

– Amigo, hoje em dia a tolerância com o parceiro é muito pequena e se separar é mais fácil que continuar junto. Antigamente, as mulheres dependiam financeiramente dos homens e se sacrificavam em nome da estabilidade econômica delas e dos filhos. Isso está mudando. São os novos tempos! – filosofou Oleg, e eu concordei.

– Os novos tempos não têm sido fáceis para ninguém. – Caio se mostrou legitimamente indignado. – Hoje Elisângela me trata como inimigo e não me deixa ver o Matheus. Assim como todos nós, ela sempre se indignou com a falta de ética que envenena a nossa realidade, só que agora ela a pratica com enorme naturalidade. Fico chocado quando observo essa inversão de valores.

– A inversão de valores é generalizada – aproveitei para entrar na conversa sem falar em Elisângela. – Todos os dias uma enorme quantidade de pessoas, de guardas de trânsito a donas de casa, empresários, políticos, jornalistas e até artistas, se indigna com a corrupção, mas quando chega a vez delas se deixam corromper e corrompem com grande facilidade. As pessoas estão desiludidas a tal ponto que não acreditam em mais nada e simplesmente se adaptam à regra perversa do jogo.

Oleg começou a bocejar. O dia não fora nada fácil. Ele se ajeitou na rede e ainda soltou:

– Para piorar as coisas, o setor público é caro e inoperante, nem o judiciário escapa da imoralidade.

Seguiu-se um curto silêncio, e então Caio mudou de novo de assunto e voltou aos problemas dele:

– Queria pedir a vocês um pouco mais de tempo. Vou levar alguns dias para formalizar meu divórcio. Isso vai atrasar em pelo menos um mês as conversas com os tuxauas e os preparativos para a próxima fase. Pode ser?

Me segurei para não demonstrar a minha satisfação e apenas concordei. Na verdade, estava com vontade de pular de alegria. Oleg também aceitou e concluiu:

– Acho que vamos ter que deixar a nossa expedição para 2020. Só vamos poder definir as coisas depois da tua ida a Bona.

Por um momento, ele permaneceu quieto, e depois complementou:

– Voltando à polarização e à pouca tolerância com as opiniões diferentes, acredito que se trata de um

fenômeno mundial. Acontece nos Estados Unidos, na Europa e agora aqui. Após as últimas eleições, é comum encontrar famílias completamente divididas por paixões políticas. Boa noite!
– Boa noite!
Não comentei mais nada. Afundei na minha rede. Eu precisava ficar comigo mesma e pensar. Tinha a nítida sensação de que as notícias daquela última hora iriam mudar a minha vida completamente.

Os pingos aumentaram. De tão úmido, o ar de repente se tornou pesado e o horizonte ficou iluminado por uma sequência de raios. A chuva chegou com vontade. A lona plástica sobre minha rede até que segurou bem, mas a umidade penetrava por debaixo dela, e não tinha como escapar. Chuva assim só na floresta tropical – parecia que uma mão invisível estava derramando baldes de água em cima de nós. A fogueira tinha sido apagada havia já algum tempo e agora estávamos no meio da escuridão absoluta. A rede estava encharcada, a umidade continuava nas alturas e, por sorte, a chuva grossa não demorou muito e esmoreceu, mas nem deu tempo para comemorar: o maior dos castigos teve início. Os mosquitos, que até então não tinham dado nem o ar de sua graça, atacaram com vontade e voracidade inacreditáveis. Enquanto me enfiava dentro do saco de dormir e fechava o zíper, alguns animaizinhos ferrosos já haviam entrado sabe-se lá como e por onde. Que horror – as picadas mais dolorosas eram nas pernas e nas costas, e algumas vinham de onde menos se esperava, através da rede. Mas nada disso importava. Eu estava feliz como havia muito tempo não lembrava de ter ficado.

Dormimos muito pouco naquela noite. De madrugada, a umidade se manteve muito alta e o rio foi coberto por uma fina névoa. Era muito cedo, mas, mesmo assim, todo mundo já tinha acordado, e cada um se pôs a tratar das suas picadas. Contei as minhas e cheguei a quarenta marcas, todas elas inchadas e algumas sangrando.

– Piuns – disse Oleg. – Faz tempo que não me pegam, mas essa noite fizeram a festa. Por sorte só vamos carregar as marcas por mais uma semana – brincou ele, tentando fazer a desgraça parecer menor.

Eu conhecia, já havia encontrado antes essa espécie de mosquito traiçoeiro, mas nunca em tamanha quantidade. Eles são muito pequenos, quase imperceptíveis a olho nu, só que as picadas são bastante dolorosas, duram vários dias e são fáceis de infeccionar. Não dava para entender como o maldito ferrão daqueles animaizinhos minúsculos conseguia passar pela rede e fazer todo aquele estrago.

Depois da maravilhosa primeira noite, a natureza parecia querer mostrar que as coisas não eram tão fáceis assim. Lembrei que os alemães apelidaram os piuns de "castigo do Jari" e me deu vontade de rir. Durante o ano e sete meses que passaram no Tumucumaque, devem ter tomado várias surras iguais a essa...

No dia seguinte, conhecemos a região de São Felício, e nos abrigamos numa construção de madeira feita pela ICMBio, na confluência dos rios Feliz e Amapari, para servir de base para cientistas e estudiosos do mundo inteiro interessados na exuberante biodiversidade daquele local. Na selva de Tumucumaque, o visitante tem a nítida sensação de estar numa floresta primária que está ali desde sempre. Tudo é surpreendente: as folhas das árvores gigantescas, com 40 ou 50 metros de altura, caem umas sobre as outras por centenas de anos e se decompõem, formando uma camada grossa, um verdadeiro tapete de adubo natural em volta das sapopemas, que encantam com suas formas surpreendentes. Planejamos pernoitar cada dia em um lugar diferente, mas a natureza não permitiu. Choveu várias vezes todos os dias e em duas ocasiões a água não parou de cair do céu o dia todo. A base da ICMBio nos protegeu da chuva, mas não dos piuns, dos escorpiões e dos outros insetos que abundam na região. Aquela primeira noite sem chuva e sem mosquitos não se repetiu mais, e entendemos claramente que a selva é gentil só quando quer, e muda de humor com grande facilidade.

Aproveitamos e testamos todos os equipamentos, subimos mais uma dezena de cachoeiras e conversamos longas horas sobre a organização da nossa próxima investida. Usamos bastante e testamos a eficiência do telefone com o qual é possível falar de qualquer lugar desde que a antena capte o sinal de três satélites.

Oleg contou uma coisa que eu não sabia: ele estava querendo recrutar para a nossa expedição no rio Oiapoque o filho da Maria Bonita, que era médico e morava havia muitos anos em São Paulo. O raciocínio do Oleg era o de que, numa expedição como a nossa, era sempre recomendável ter por perto um médico, ainda mais Isaías, que era membro ativo do Clube

Alpino Paulista, tinha boa saúde e estava em excelente forma. Outros que estavam se preparando eram meus primos Daniel e Benjamim. De Roraima, viriam Fernando Macuxi, irmão gêmeo do Benjamim, e a esposa, Taiana, filha do nosso amigo Antônio Costa. Mais uma mulher seria outra coisa boa porque seria natural companheira para mim, além de ela oferecer os conhecimentos que tinha de enfermagem. Na verdade, Taiana era veterinária, muito conhecida pelo contato que consegue ter com os lavradeiros, cavalos selvagens das estepes roraimenses. Conheci Taiana muito superficialmente quando, seis anos antes, a família Costa passou alguns dias em Manaus. Na época se comentava que ela conseguia se relacionar incrivelmente bem e até conversar com os bichos. Não foi possível conviver mais com Taiana porque a visita coincidiu com o falecimento inesperado do meu pai. Lembro que ela era uma menina muito bonita de olhos verdes. Tia Alice sempre comenta que Taiana é muito linda vestida com roupas casuais e calçando tênis. Provavelmente não ficaria tão bem de salto alto, mas ninguém nunca a viu vestida de dondoca. Não sei avaliar, mas gostaria muito de conhecê-la melhor. Seríamos doze no total, dez homens e duas mulheres, distribuídos em três canoas.

Quando a chuva e os piuns permitiam, as melhores conversas aconteciam sempre no fim do dia, em volta da fogueira. Nós nos acomodávamos confortavelmente, esticávamos as pernas, que passavam o dia encolhidas dentro das canoas apertadas, e tentávamos relaxar. Em um improvisado varal perto do fogo, cada um tinha um pequeno espaço onde colocava uma blusa ou outra peça de vestuário que precisava secar para o dia seguinte. Na selva, a luta contra a umidade nunca para e nenhuma roupa fica realmente seca. Numa dessas horas mágicas, lembrei que Caio nos tinha prometido uma conversa sobre as mudanças do clima.

– Faltou falar sobre o dióxido de carbono – provoquei, e Caio respondeu tão prontamente que pareceu que só estava esperando o assunto voltar à pauta.

– O dióxido de carbono é essencial para a vida. Sem ele, a fotossíntese, como é chamado o processo de transformação da energia solar em energia química, não existiria. O resultado final é o oxigênio, que garante a sobrevivência de grande parte dos organismos. A energia química, por sua vez, é distribuída através dos alimentos para todos os seres vivos. O problema é que as indústrias queimam cada vez mais carvão mineral e petróleo e liberam enormes quantidades de dióxido de carbono, enquanto as florestas, que têm grande capacidade de absorvê-lo, estão diminuindo. Na Amazônia existe um problema adicional: todos os anos, pedaços da floresta são queimados para limpar áreas para agropecuária e agricultura e um monte de carbono adicional é liberado na atmosfera. É um prejuízo duplo, já que sobram menos árvores para absorver dióxido de carbono e muito mais gás para causar o efeito estufa. Em condições normais, esse efeito é muito benéfico, porque mantém a temperatura nos níveis adequados e evita que o calor irradie e desapareça no espaço, o que tornaria a Terra um lugar muito frio e acabaria com a vida. Só que, atualmente, por causa do grande excesso de dióxido de carbono, a atmosfera retém calor demais. Não há mais dúvidas de que o aquecimento global tem íntima relação com esse excesso – concluiu Caio.

Oleg não se deu por satisfeito e completou:

– Nós, habitantes da Amazônia, estamos no centro deste problema gigantesco. Nossas árvores absorvem o excesso de dióxido de carbono e contribuem para a preservação do clima, nossos rios voadores garantem a fertilidade de terras distantes e o pão de cada dia para boa parte da humanidade. Naturalmente, o mundo inteiro insiste que a floresta tem que ser preservada, mas ninguém lembra que isso tem um preço. Parece que todos esperam que o caboclo amazônico vá bancar sozinho a felicidade geral e não vá lançar mão das riquezas que o cercam.

Oleg pôs o dedo na ferida. Eu conhecia esse assunto, que já tínhamos discutido muitas vezes, e resolvi dar a minha contribuição:

– É simplesmente inacreditável que na imensa Amazônia haja menos guardas-florestais que em muitos pequenos países europeus. Para preservar a floresta e combater os incêndios, são necessários, em primeiro lugar, informantes confiáveis, e parece muito lógico que os moradores locais sejam a melhor opção. Em vez de um auxílio do governo, que apenas contempla a miserabilidade e nenhum outro mérito, deveria existir remuneração para esses cidadãos, que com a devida instrução podem fazer toda a diferença. Atualmente, entregues à própria sorte, são eles mesmos os primeiros a tocar fogo para limpar suas terras.

Na última hora, a temperatura baixou bem, começou a ventar e a brisa claramente estava anunciando chuva. Apesar disso, a conversa continuou, e Caio tocou em outro assunto sensível:

– Todos os estados amazônicos estão sendo pressionados para preservar e manter a floresta intocada. As raras oportunidades para atividades econômicas na região são descartadas e bloqueadas pelos entraves burocráticos disfarçados de cuidado com o meio ambiente. Vejam a mina de potássio na região de Autazes, perto de Manaus. A agricultura brasileira consome muito potássio importado, enquanto uma jazida enorme está à nossa disposição sem aproveitamento nenhum. Aquele caboclo que deveria trabalhar nessa mina, e atualmente está desempregado, vai uma hora ou outra se tornar garimpeiro, queimar um pedaço de floresta para desenvolver alguma atividade agrícola ou plantar maconha. A falta de outras opções legais é o maior inimigo da floresta. Muitos dos defensores do meio ambiente se esquecem de que os moradores da região precisam se alimentar e viver. Querendo ou não, a mineração legalizada e fiscalizada gera muitos empregos e é, sem nenhuma dúvida, uma das principais vocações da Amazônia.

– Outro inimigo da floresta é o caos imobiliário, típico da região amazônica. São raros os terrenos com documentação definitiva e que não têm vários títulos de propriedade – recordei outra mazela da nossa realidade.

Achei interessante que Caio tivesse uma visão crítica semelhante à minha. Ele é professor na universidade e transita em órgãos como IBAMA e FUNAI, nos quais são defendidas muitas das teses preservacionistas que na prática frequentemente atrapalham mais que ajudam a preservação. Perguntei como ele tinha começado a convivência com os colegas e a resposta me surpreendeu:

– Nem sempre é fácil, mas posso afirmar que mesmo aqueles colegas e amigos que defendem ideias diferentes das minhas são, em geral, bem preparados e têm boas intenções. Quase todos são idealistas e acreditam piamente que estão defendendo as causas corretas. A minha tarefa não é fácil. Preciso convencê-los de que a nossa causa comum só pode ser vitoriosa se conquistarmos a cooperação e a boa vontade dos habitantes da região. Sem eles, nada feito! O IBAMA é tão inoperante porque é simplesmente detestado pela maioria da população. Entre meus colegas tem muita gente que defende ações equilibradas, mas também existem aqueles que cultivam uma visão romantizada. Muitos ainda acreditam que todos os nossos índios adorariam continuar a viver da caça e da pesca e andar seminus com a bunda exposta. Procuro convencê-los de que, embora um ou outro possa querer isso mesmo, muitos preferem vestir calça jeans e apreciam eletricidade, escola, faculdade, hospitais, motocicletas, televisão e até internet. Isso pressupõe um investimento substancial e atividade econômica, coisas que agora simplesmente não existem. Nada é de graça, sempre alguém tem que bancar!

Para minha surpresa, Samurai, que até então apenas escutava, também tinha o que dizer. Ele contou a história de dois cientistas russos que, no ano anterior, acompanhados por um tradutor, tinham visitado o mesmo abrigo onde estávamos naquele momento. Samurai relatou que eles insistiam que a abundância de carbono na atmosfera na verdade ajuda as plantas, que crescem rápido.

– Tanto as árvores da floresta quanto as plantações de soja ou cana-de-açúcar na verdade se alimentariam do carbono, e ainda liberariam oxigênio, de acordo com eles. Os russos comentaram também que, embora concordem com a existência de mudanças climáticas preocupantes, não acreditam que o aquecimento que estamos presenciando atualmente seja produto das atividades do homem.

– Sim – confirmou Oleg. – Tem uma corrente de cientistas, cada vez menor, diga-se de passagem, que não aceita a teoria de que o homem seja responsável pelas mudanças no clima. Eles têm lá seus argumentos, mas, no geral, não tenho muita dúvida de que estão errados.

Fico impressionada com a versatilidade do tio Oleg, que sabe bastante sobre uma variedade imensa de assuntos. Ele brinca que ler é a atividade humana mais importante, e tanto faz se é Shakespeare, Tolstói, Karl May, Victor Hugo, Mark Twain, Ariano Suassuna, algum filósofo famoso, poema, romance, editorial do *Washington Post*, revista de moda ou bula de remédio.

A semana passou muito rápido e chegou a hora da nossa volta a Manaus. Apesar da imensa vontade que sentia, não fiz mais nenhuma pergunta sobre Elisângela, nem Caio tocou mais no assunto. Na despedida, já no aeroporto de Macapá, apenas o convidei para nos visitar em Maués, e ficamos de combinar as datas.

Passei quase duas semanas em Manaus trabalhando no escritório da Amazon Flower, me recuperando da nossa aventura no rio Amapari e lendo os últimos trechos traduzidos dos dois livros em alemão. Queria saber mais sobre a Alemoa, Winnetou e aqueles rapazes alemães que oitenta anos antes se aventuraram nas selvas mais indomadas da Amazônia. Descobri que a grande estrela da expedição, o hidroavião Seekadett, não conseguira cumprir sua missão. Nos primeiros meses, Kampfhenkel e Kahle até que sobrevoaram várias vezes as áreas perto do rio Jari e da Cachoeira de Santo Antônio, tiraram fotografias e filmaram, mas logo descobriram que sobrevoar a Amazônia era bem mais complicado que voar na Europa. Em mais de uma ocasião, Kahle foi obrigado a fazer arriscadas decolagens e pousos de emergência em espaços muito reduzidos, até que aconteceu um acidente sério. No dia 28 de outubro de 1935, com Schulz-Kampfhenkel na direção e Kahle de passageiro, três seguidas tentativas de levantar voo tiveram que ser abortadas. Dessa vez não faltava espaço: o acidente aconteceu no próprio rio Amazonas, perto do vilarejo Guarupa, onde o rio tem mais de 6 quilômetros de largura. Tudo parecia normal, o motor funcionava perfeitamente, Seekadett adquiria boa velocidade, mas, por alguma estranha razão, não conseguia sair da água. Nas tentativas frustradas, o pequeno avião chegou perigosamente perto do meio do rio, onde as ondas são sempre maiores, e o piloto foi obrigado a desacelerar. Com isso, a velocidade diminuiu e os flutuadores afundaram mais um pouco. Inesperadamente, o flutuador direito não sustentou o peso e o avião se inclinou bruscamente para boreste, como se puxado por uma mão invisível, e, ainda em alta velocidade, girou e capotou. Com estrondo ensurdecedor, o motor deu um último suspiro enquanto toda a frente se desintegrava com o choque violento. Piloto e passageiro foram arremessados contra a estrutura e atingidos por alguns destroços, mas por um milagre não ficaram muito machucados e se recuperaram surpreendentemente rápido. O casco do Seekadett estava todo retorcido e bastante danificado, mas continuou à deriva na superfície, sustentado pelos flutuadores ainda cheios de ar. Os dois náufragos e os restos do hidroavião foram resgatados pelos caboclos, que assistiram a tudo da beira do rio Amazonas. A causa daquele acidente logo foi esclarecida: alguma coisa, provavelmente um pedaço de madeira, colidiu com o flutuador direito e o deformou de tal maneira que ele não fornecia mais a sustentação necessária para levantar voo. Quando a velocidade diminuiu, o flutuador, em vez de deslizar, simplesmente afundou, a asa se chocou com a água, a estrutura toda rodopiou e aconteceu o desastre. Os danos foram tão grandes que não existia nenhuma possibilidade de conserto.

Assim, melancolicamente, acabou a participação da maior estrela da expedição alemã, o hidroavião Seekadett. Tudo isso eu soube lendo os livros, nos quais havia uma descrição minuciosa.

Semana passada recebi um telefonema do Caio. Estava feliz porque ele e Elisângela chegaram a um acordo amigável e assinaram o divórcio.

– Ela mudou radicalmente para melhor – contou ele. – Me disse que não sente mais nenhuma raiva de mim, e que entendeu que eu também sou vítima da situação. Nós simplesmente não devíamos ter casado. Prometeu não criar dificuldades, e até pediu que a ajudasse na criação do Matheus.

Ainda bem que Caio não podia me ver pelo telefone. Internamente, comemorei a notícia. Não sabia bem o que dizer, e só repeti o convite para ele visitar a nossa plantação de pau-rosa.

– Amanhã estou indo para a aldeia Bona num avião da FAB. Vou tomar uns caxiris com os tuxauas e na volta ligo para você. Torça para que eu ache logo a Alemoa! – terminou Caio, e desligamos.

Confesso que eu já estava tão acostumada com a ideia da nossa expedição no rio Oiapoque, ainda mais com Caio agora livre e desimpedido, que na verdade torci contra e senti uma espécie de alívio quando, exatamente uma semana depois, ele ligou e lamentou que ninguém no rio Paru de Leste tivesse informações sobre a Alemoa. A última alternativa para encontrá-la seria na região do rio Oiapoque. Achei que o próprio Caio estava satisfeito, saboreando de antemão a nossa próxima aventura. De certa forma, era como se aquele fosse um projeto muito nosso, e eu me sentia animada com a possibilidade de atingirmos juntos o ápice da história e desvendarmos juntos aquele mistério.

Durante o mês de novembro, resolvemos inverter nossas bases de trabalho por algum tempo. Tio Oleg e Alice foram passar uma temporada em Maués, enquanto eu fiquei em Manaus. De lá as comunicações eram melhores, por isso Oleg encarregou David, Benjamim e eu de continuarmos os preparativos para a expedição e definirmos as datas da nossa ida a Oiapoque. Passamos horas no escritório da Amazon Flower conversando pelo WhatsApp com todos os interessados e trocando ideias com os timoneiros. Eles sabiam bem quais eram os melhores meses para navegar no rio Oiapoque e no rio Anotai. Por um lado, preferíamos que fosse na cheia, por razões óbvias, mas, por outro, o maior volume de água tornaria as cachoeiras e corredeiras muito mais perigosas. Depois de conversar com outros conhecedores da região, Samurai sugeriu o fim de fevereiro, que é um meio-termo, pois ainda chove bastante e as águas estão altas o suficiente, porém o volume e a força da água são moderados. Parecia razoável, aceitamos a sugestão e marcamos a data.

O passo seguinte foi comunicar essa decisão a todos para cada um se organizar de acordo. Isaías confirmou imediatamente e pediu para não mais mudar a data. Ele era médico, cheio de compromissos, e precisava organizar sua agenda com grande antecedência. Eu o conhecia muito pouco – só o encontrara uma vez antes, quando ele fora a Manaus acompanhado pela esposa e os filhos para visitar a mãe dele, Maria Bonita. Da família dela, conheço melhor as irmãs: Lídia, que vai a Manaus com frequência, e, naturalmente, tia Alice. Passei para Isaías a lista de tudo de que ele precisaria durante as duas semanas que planejávamos passar nas matas do Tumucumaque e aproveitei para conversar um pouco com ele.

Ele contou sobre sua família, a esposa também médica e os filhos Adriano e Maria, ainda adolescentes. Do tio Oleg e da tia Alice, conhecia bastante da história da mãe dele, Maria Bonita. Ficava sempre impressionada com como todo mundo gostava dela. Contavam que, na juventude, ela tinha sido muito bonita, e que criou Isaías, Lídia e Alice com muito trabalho, sacrifício e coragem. Sei que por algum tempo Maria Bonita foi garimpeira, e foi nesse tempo que encontrou tio Oleg e trabalhou como cozinheira na draga dele. Era conhecida como exímia atiradora, e junto com Oleg participou da defesa de um grupo de dragas atacadas por bandidos. Meu pai, Licco, também a conhecia e a admirava. Lembro de ele contar que, muitos anos atrás, para proteger seus filhos que ainda eram bem pequenos, Maria Bonita tinha matado uma pessoa. Aparentemente todo mundo sabe, mas ninguém fala sobre esse episódio. Hoje em dia, Maria é uma senhora doce, com quase 70 anos, que todos, especialmente os filhos e os netos, adoram. Também é cozinheira de mão cheia: ninguém sabe preparar um tambaqui melhor que ela.

Isaías tinha saído da Amazônia ainda muito jovem, e era natural que tivesse muitas perguntas a fazer. Ele passou a ligar para mim e às vezes para Benjamim pelo menos uma vez por semana para tirar as dúvidas. Foi numa dessas conversas, ainda em janeiro, que pela primeira vez ouvi alguém falar sobre um vírus que teria aparecido na China e agora havia o risco de se espalhar pelo mundo. Parecia uma coisa tão distante que nem prestei muita atenção.

Benjamim era mais um empenhado na organização da nossa expedição. De vez em quando ele conversava com seu irmão gêmeo, Fernando, que morava numa aldeia Macuxi em Raposa Serra do Sol. Fernando e Taiana já tinham confirmado a participação deles e também estavam se preparando. A história dos dois irmãos gêmeos é muito interessante: eles foram separados ainda bebês. Fernando ficou com a mãe, Janaina, na tribo, e Benjamim foi entregue pelo avô, tuxaua Genival, para tia Alice e tio Oleg, que o adotaram. O tuxaua nunca nem mencionou a existência do irmão gêmeo, e os Hazan só tomaram conhecimento dele muitos anos depois, pouco antes da saída forçada deles da fazenda Santa Virgínia. Hoje em dia, apesar do fato de um irmão ser indígena e o outro judeu, eles são grandes amigos. Para aumentar ainda mais a proximidade, Fernando é casado com Taiana, outro elo que nos une. Ela e Benjamim cresceram juntos na fazenda Santa Virgínia e se consideram irmãos. O pai dela, Antônio Costa, e Oleg são amigos de longa data e já foram sócios na plantação de arroz em Raposa Serra do Sol; o mais curioso é que, por uma incrível coincidência, ambos são de origem búlgara. Taiana e a irmã dela, Iara, são como filhas para tia Alice e tio Oleg. Eles moraram juntos por vários anos na fazenda e participaram ativamente da vida das meninas até muito recentemente. Mas essa é outra história!

Do Amapá, chegaram algumas boas notícias. Samurai contratara o Peruano, um timoneiro experiente que conhecia bem a região e ainda tinha encontrado uma chata de alumínio de 8 metros disponível para aluguel na cidade de Oiapoque, como nós precisávamos. Já estavam confirmados todos os participantes: Oleg, Caio, Isaías, meus primos David e Benjamim, Fernando Macuxi e os quatro timoneiros, Bebeto, Tonico, Peruano e Samurai. Taiana e eu completamos o time. Maria Bonita iria conosco até Oiapoque, onde ficaria de retaguarda nos esperando em uma pousada. Agora só faltava um bom motor de 60 cavalos, que Oleg dizia saber como conseguir. Já estávamos no princípio de dezembro, a menos de três meses para a nossa volta ao Amapá. Chegara a hora de providenciar o motor e eu liguei para o tio Oleg, cobrando a promessa dele de tempos atrás. Ele sorriu e deu uma resposta meio estranha:

– Conte para teu irmão, Daniel, que estamos precisando de um motor de popa de 60 cavalos e que eu sugeri falar com ele. Tenho certeza de que ele tem a solução.

Foi o que fiz imediatamente, e Daniel respondeu com uma gargalhada:

– Coisas do Oleg! Ele sabe muito bem que eu tenho um motor Yamaha de 60 cavalos. Já passeamos juntos de barco na Praia da Lua. Podem levar o motor. Eu só lamento não poder acompanhar vocês. Já basta o Oleg de velho nessa expedição.

Avisei todo mundo no nosso grupo de WhatsApp, que tinha o sugestivo nome "Nós no Oiapoque", que já tínhamos o motor e, portanto, estávamos prontos. Em resposta, choveram muitos comentários, que demostravam claramente a ansiedade geral para começarmos a nossa aventura. Fora do grupo, por e-mail, Caio me avisou de que gostaria de passar uma semana no fim do ano, logo depois do Natal, na fazenda em Maués, e que estaria acompanhado. Ele não especificou quem iria com ele, e confesso que fiquei incomodada, imaginei que tivesse voltado com Elisângela ou então arranjado uma nova estrela. Respondi que podia ir, mas que não estava certa de que estaria presente. Era pura verdade – eu realmente tinha recebido um convite para passar o réveillon em Manaus, e também não estava disposta a fazer sala para gente que talvez nem conhecesse. Dezembro não é época de trabalho na plantação de pau-rosa, muito menos no período entre o Natal e o Ano Novo, e a chegada dele mais parecia viagem de lazer, talvez uma lua de mel tardia. Imagino que para um cara bonitão, com a presença e a bagagem dele, não faltariam interessadas. Não era a primeira vez que pensava em Caio dessa maneira, mas sempre me surpreendo comigo mesma. Preciso me controlar melhor. Até parece que tenho ciúmes dele. Poucas horas depois, ele comunicou no WhatsApp que iria passar o fim do ano em Maués junto com o filho Matheus, e que, embora não fosse época de pesca, pretendia pegar muitos tucunarés no Lago Grande. Lá se foi meu réveillon em Manaus.

Passei alguns dias estudando os trechos traduzidos do livro *Enigmas do inferno na selva* e tentei colher mais informações sobre Winnetou e os homens selvagens da floresta, como os alemães se referem aos indígenas na obra. Fiquei impressionada com a descrição que

Schulz-Kampfhenkel fez sobre o primeiro encontro com Winnetou em seu diário:

"Um maravilhoso homem selvagem! Quase totalmente nu, exibe físico de atleta olímpico. Não é alto, mas é bem distribuído, com ombros largos, cintura fina e quadril bem delineado, postura orgulhosa de homem seguro de si. Parece uma estátua de bronze esculpida por um mestre!"

O comentário, vindo de alguém metido a ariano puro de raça superior, realmente me impressionou.

Outro episódio no livro que me marcou muito foi a prospecção das nascentes do Ipitinga, um igarapé tributário do Jari que até os próprios Aparai achavam selvagem demais. Dessa aventura, tomaram parte o piloto da expedição, Gerd Kahle, Winnetou e três caboclos. Em seu diário, Kahle escreveu:

"Parece que o pequeno rio se transforma em muitos pequenos riachos. Optamos por seguir pelo charco maior e foi para lá que arrastamos nosso barco naquele pântano. O ar estava insuportável de tão pesado, bolhas saíam da lama, cheiro de podre enchia o ar sufocante. Tínhamos alcançado a cabeceira, e de repente reparei em Winnetou com o rosto estranhamente pálido a murmurar alguma coisa. Só consegui entender: 'Cabeceira não presta...'.

Já o tinha ouvido em outras ocasiões falar das cabeceiras com certo respeito e até temor. Só que agora, sem desgrudar o olhar das águas turvas e sujas, ele claramente demonstrava imenso pavor. Segui a direção do olhar dele e percebi algo grande se mexer muito lentamente embaixo da superfície da água. Custei a entender que se tratava de uma cobra enorme, uma sucuri tão grossa que facilmente podia engolir um homem. Senti forte arrepio e meu primeiro pensamento foi que naquele momento decisivo eu não podia falhar de jeito nenhum! Não podia perder o momento certo, quando a cabeça aparecesse na superfície. Só que, no meio daquela água toldada, nem tinha noção de que lado exatamente ela se encontrava. De repente, todo aquele animal gigantesco sumiu. Será que se meteu debaixo do barco? Ou foi embora? Os caboclos se esforçavam para manter a canoa, que agora parecia ridiculamente pequena, totalmente parada. O nervosismo cresceu a um nível insuportável – os rostos expressavam claramente aquela tensão suprema. Todos seguravam seus facões como se cada um esperasse ser atacado a qualquer momento. De repente, alguns metros mais à frente a cabeça surgiu embaixo dos arbustos. Tive a sensação de que os dois olhos frios fitavam só a mim. A cabeça começou a se mover lentamente em nossa direção e conseguimos ver a língua se mexer nervosamente. Meu Deus, será que vai atacar ou é só curiosidade? Não existia margem para mais espera, ergui a arma e mirei exatamente entre os dois olhos. Estava incrivelmente perto. Apertei o gatilho. O estrondo foi acompanhado por um espirro de água tingida de vermelho. Senti uma espécie de alívio imediato – eu fiz a minha parte e parecia que o tiro fora certeiro. Ainda receosos, nos distanciamos e esperamos um pouco. A água estava muito toldada e não se enxergava mais nada da cobra. Depois de um bom tempo, certos de que nada em volta se movia, fomos apalpando o fundo com os remos. Não demorou e numa parte rasa tocamos no corpo enorme, que não se movia mais. Só mais tarde conseguimos medir e pesar aquele animal esplêndido – 7 metros de comprimento e 175 quilos. No seu estômago, um porco selvagem ainda inteiro, com todos os ossos e até o crânio esmagados.

Winnetou estava completamente transtornado. Na sua crença, eu tinha matado um animal sagrado, a mãe de todos os peixes. Podia sentir a luta interior que atormentava aquele homem – um misto de pavor, ódio e veneração pelo matador da poderosa criatura. Em completo desespero, ele proclamou que eu ficaria muito doente, e que os Aparai também estavam condenados ao sofrimento. Winnetou se negou a permanecer no barco onde eu tinha disparado aquele tiro decisivo, e onde agora guardamos a pele da sucuri. Passaram vários dias sem ele dirigir uma palavra para mim e, por mais que eu tentasse, ele evitava qualquer contato comigo."

Caio e Matheus chegaram no voo de Manaus e fomos direto para a fazenda. Adorei vê-los juntos, com a felicidade estampada no rosto. Era fácil perceber que Caio era muito bom pai, curtia a criança e fazia as vontades dela, mas também sabia ser exigente. Essa era uma parte da personalidade dele que eu não conhecia e me surpreendi agradavelmente ao ver como Caio sabia ser cuidadoso e carinhoso. Me dei conta de que tinha demorado demais para admitir que, na verdade, eu estava muito feliz com o fim do casamento do Caio, e ainda mais com a presença dele e do Matheus na minha casa. Acho que por muito tempo tinha escondido até de mim mesma meu amor por ele, e agora estava surpresa com a intensidade e a urgência dos meus sentimentos. Até aquele momento, ninguém da família nem suspeitava dessa minha paixão, e eu podia imaginar a surpresa que a notícia causaria. Logo ficou claro que o segredo não iria durar muito mais. No primeiro dia, apenas horas após a chegada do Caio e Matheus, dona Dulce me chamou na cozinha e, com tom de cumplicidade, me perguntou se Caio não era casado. Respondi que tinha se divorciado recentemente, e a vi suspirar com alívio. Ela o conhecia já havia algum tempo, ele ia frequentemente nos visitar, mas dessa vez parecia que ela tinha notado algo diferente em nosso comportamento. "Será que é tão visível assim?", me perguntei, como se o sorriso que me escapava sem querer me denunciasse totalmente. O olhar da dona Dulce não poderia espelhar mais aprovação, e eu sabia que havia ganhado uma importante aliada.

 Até aqueles dias, nunca tinha convivido tão próximo a crianças pequenas, e no começo não sabia bem o que fazer para agradar aquele menino tão ativo, que parecia ser absolutamente incansável. Depois de acordar, Matheus realmente não parava. Na tentativa de cansá-lo, Caio botava ele para nadar no rio, eles faziam castelos de areia, subiam na mangueira na frente da casa, e até eu entrava no jogo de futebol. No começo, fazia isso para agradar o Caio, mas pouco a pouco fui percebendo que gostava do Matheus, e ele parecia gostar de mim. Mas confesso que, por mais agradável que fosse o nosso convívio, a melhor parte do dia era de manhã cedo, quando ele ainda dormia e Caio e eu tomávamos nosso café no terraço. A vista para o rio era deslumbrante, o ar ainda estava fresco e um leve, quase imperceptível olor de pau-rosa vinha da plantação, e na companhia do Caio eu me sentia leve, relaxada e protegida. Fiquei surpresa comigo mesma – a vida inteira eu acordava, tomava banho e apressadamente me aprontava para o dia. O café nunca tinha sido uma refeição tão importante e gostosa quanto agora, e eu estava descobrindo uma verdadeira paixão pela tapioquinha e pelo sanduíche de tucumã. A conversa também era boa. Caio me contou sobre a visita dele à aldeia Bona, onde não conseguiu nenhuma nova informação sobre a Alemoa, mas foi recebido como amigo querido e tomou bastante caxiri e sacurá. Trocamos ideias sobre os últimos preparativos para a nossa expedição e sobre os livros em alemão, que já não escondiam nenhum segredo. Eu li em voz alta algumas páginas traduzidas para o português e Caio gostou muito da descrição do encontro dos alemães com a sucuri nas nascentes do igarapé de Ipitinga. Era o mesmo trecho que eu tinha achado mais fascinante.

    Matheus recarregava as baterias quase até o meio-dia, e isso nos permitia conversar mais um pouco sobre diversas coisas, entre elas também a nossa plantação, que tinha crescido muito bem naquele ano. Tinha um fato novo que me preocupava muito e eu precisava me aconselhar com Caio. Nosso campeão de vendas, o óleo essencial de pau-rosa, sempre foi um produto nobre, que teve grande aceitação no mercado mundial de perfumes e cosméticos. Nos últimos dez anos, a produção fora pequena e a matéria-prima só vinha de duas fontes, uma maior, a plantação da Magaldi Agropecuária, e a outra, menor, da Amazon Flower. A disponibilidade de sementes e mudas sempre foi muito pequena e, por essa razão, nossa produção cresceu devagar e nunca atendeu à demanda. Mesmo vindo de plantação, a matéria-prima tinha que ser fiscalizada e licenciada para evitar eventuais abusos. Acontece que esse processo burocrático era muito moroso e inconstante, o que atrasava os embarques e atrapalhava a fluidez do fornecimento para os fabricantes. O problema cresceu e, por causa da disponibilidade inconstante no ano anterior, alguns fabricantes desistiram de usar nosso óleo em suas fórmulas. Uma semana antes, nosso maior cliente tinha feito a mesma coisa: informado que não ia mais usar óleo essencial de pau-rosa nos seus produtos. Era de se esperar, após seguidas falhas na regularidade do fornecimento que resultaram em falta de matéria-prima e na interrupção indesejada de várias linhas de produção. Eu estava tentando reverter a situação, mas as chances de sucesso eram pequenas. Caio mordeu os lábios – essa fora uma péssima notícia. Por melhor que o produto pudesse ser, na era da tecnologia e da eficiência sempre existem substitutos à altura. Ficou evidente que nosso produto maravilhoso estava correndo sério perigo, porque o mercado competitivo não permitia estoques altos e não tolerava atrasos e incertezas.

– Acho que depois da nossa expedição vamos ter que pensar em procurar soluções. Pode ser que você tenha que viajar a Paris ou, quem sabe, Grasse, a cidade dos perfumes e dos cosméticos, e convencer seus clientes de que o nosso produto é importante para eles e que o fornecimento vai melhorar muito daqui para frente – opinou.

– Sozinha? Nem pensar! – respondi. – Falo um bom inglês, mas nunca viajei para tão longe. E tem mais, a melhora independe de mim. Não posso prometer algo que não vou poder cumprir.

– Eu sei que você é uma menina responsável. – Caio sorriu.

Matheus acordou e as atividades começaram.

– Amanhã à tarde, vamos para Lago Grande, onde vamos pernoitar. Para maior segurança, vamos com duas canoas, assim podemos levar bastante combustível para casos de necessidade.

Caio dirigia a canoa em que estávamos eu e Matheus. Bebeto, aquele timoneiro que iria conosco para Oiapoque, conduzia outra voadeira cheia de corotes com gasolina e bastante gelo. Eram pelo menos duas horas pelo Paraná do Urariá até o "cavado" onde fica o furo do lago. Naquela noite iríamos dormir nas canoas, para começar a pescar com os primeiros raios de sol, quando os tucunarés acordam supostamente com fome. Era o último dia do ano. À tarde, voltaríamos a Maués, e à noite abriríamos uma garrafa de espumante para celebrar a chegada de 2020. Eu pressentia que o momento era todo meu e que seria meu melhor fim de ano desde que meu pai havia nos deixado.

Chegamos ao lago no fim da tarde e ainda conseguimos pescar por uma hora. Estávamos fazendo a típica pescaria de caboclo: o barco vai andando devagar a poucos metros da margem e cada um segura na mão uma linha. No fim dela, 6 ou 7 metros atrás da canoa, um pedaço de metal munido de anzol de boa qualidade, chamado de corrico, vai rodando poucos centímetros abaixo da superfície. Os peixes predadores, como tucunaré, piranha e aruanã, percebem o brilho, confundem com algum peixinho descuidado e, quando com fome, atacam com voracidade. Pegamos poucos peixes naquele fim do dia, mas ninguém esperava grandes coisas nessa época do ano. Depois do jantar improvisado, deitados no fundo da canoa em cima dos nossos sacos de dormir e esperando o sono chegar, conversamos mais um pouco. A canoa era larga o suficiente para duas pessoas deitadas de costas, com as pernas em cima do banco. Nossos ombros se tocavam de leve, e eu sentia uma espécie de eletricidade percorrer meu corpo. Era uma sensação diferente, estava quase sem respirar, esperando que alguma coisa acontecesse, mas, ao mesmo tempo, querendo que aquele momento mágico durasse mais um pouco. Na ponta do barco, com uma potente lanterna, Bebeto tentava focar algum jacaré, e não demorou para encontrar um e mostrar para Matheus dois olhos avermelhados escondidos sob a vegetação aquática.

– Não é muito grande! – constatou ele. – Mesmo assim, durante a noite, não deixe tua perna sair da canoa – aconselhou Matheus, que levou a recomendação tão a sério que atravessou a canoa com cuidado, deitou-se entre nós e se enfiou dentro do meu saco de dormir. Pouco depois, a respiração rítmica dele anunciou que o carregamento das baterias estava de novo em curso. Àquela altura, da outra canoa já vinha o ronco do Bebeto.

– Vai te perturbar. Ele chuta muito – avisou Caio.

Com cuidado, entrei no saco de dormir e abracei a criança. Tinha bastante espaço para nós dois. Coloquei um colete salva-vidas embaixo da cabeça do Matheus e dei um para Caio. O corpo do menino estava bem quentinho e a temperatura dentro do saco era muito agradável. Por sorte, o tempo cooperou, o céu estava estrelado, nem ameaçou chover e, no meio do lago onde estávamos ancorados, não havia mosquitos. A água batia no casco de alumínio e tal contato causava um leve balanço e um som monótono e hipnotizante. Ainda consegui enxergar Caio se acomodar em seu saco de dormir. Ele estendeu a mão e acariciou meu cabelo. Senti um leve arrepio, depois meus olhos se fecharam. Como última lembrança, escutei a voz baixinha do Caio:

– Obrigado por tudo!

A pescaria no dia seguinte também não foi grande coisa – só deu para sentir o gostinho. Quase não conversamos, cada um ocupado com os seus pensamentos. Eu não deixava transparecer, mas a mão do Caio, que carinhosamente havia alisado meu cabelo na noite anterior, não saía mais da minha cabeça. Obviamente eu estava carente, aquele leve toque me deixou mole e senti uma enorme vontade de retribuir o carinho. Ele sem dúvida tinha muito mais experiência, e minha sensação era de que ele sabia exatamente o que se passava dentro de mim.

No fim da manhã, voltando para Maués, Caio dirigia a canoa em alta velocidade, sem poder tirar o olho do caminho, e isso permitiu que eu o observasse sem ele perceber. Não podia deixar de pensar que eu tinha muita sorte. Ele era, sem dúvidas, uma boa pessoa e um belo homem, ainda mais com aquele queixo quadrado com um buraquinho no meio, que o fazia incrivelmente másculo. Olhando-o conduzir a canoa com tanta intimidade e firmeza, inebriada pela natureza exuberante à nossa volta, eu tive a certeza de ter encontrado o homem da minha vida! E fui tomada por uma espécie de urgência, como se algo dentro de mim gritasse para não deixar a felicidade me escapar.

Senti vontade de me arrumar e ficar mais bonita naquela noite de Ano-Novo. Caprichei no visual – fazia tempo que não punha vestido e salto alto, coisas que não combinavam com nada em volta, nem com a bermuda do Caio nem com a fantasia de Batman do Matheus. Nada importava – naquela noite, tudo tinha que dar certo. Antenor, meus irmãos e primos de Manaus e alguns amigos da faculdade telefonaram para desejar feliz ano novo. Parecia que o mundo todo estava em sintonia comigo. Bem antes do fim do jantar, eu já estava sem os sapatos elegantes, tinha tomado mais champanhe que em minha vida inteira e estava curtindo cada momento. Poucos minutos antes da meia-noite, Matheus, que até então resistia bravamente, não aguentou e capotou. Mal deu tempo de colocar o Batman na cama e encher os copos e o Ano-Novo chegou. Caio me abraçou e finalmente trocamos um beijo que eu desejava já havia muito tempo. Fiquei mais tonta ainda. Segurei a mão dele e, sem mais nem menos, o guiei até o meu quarto.

– Foi aqui, neste quarto, que, 26 anos atrás eu fui concebida – falei, sentindo que ali começava outra vida para mim.

O voo do Isaías atrasou e ele foi o último a chegar a Macapá. Ansiosa, Maria Bonita esperou por ele no aeroporto enquanto todos os outros se acomodavam no hotel do Forte. Nosso plano para os dias seguintes era relativamente simples. Viagem de ônibus até a cidade de Oiapoque e depois subida contra a correnteza do rio de mesmo nome até Vila Brasil, onde pretendíamos conhecer a região do lado brasileiro e visitaríamos a comunidade indígena do Camopi e alguns outros lugares do lado francês. Ali residem em torno de mil índios e nós suspeitamos que a Alemoa ou seus descendentes tenham morado ou pelo menos passado por ali e deixaram rastros. Enquanto subíssemos o rio, Maria e David ficariam na cidade de Oiapoque, prontos para nos socorrer caso fosse necessário. Esse era um cuidado a mais que era necessário tomar quando alguém se aventurasse por lugares remotos onde tudo pode acontecer. Era um milagre que Caio tenha conseguido licença para entrarmos no rio Anotai, quando normalmente apenas cientistas conseguem esse privilégio, acompanhados por soldados do Exército brasileiro. A nossa permissão não admitia porte e uso de armas de fogo naquela região onde, como descobrimos mais tarde, os poucos frequentadores em geral andam fortemente armados.

À noite, fomos jantar de novo no restaurante aonde tínhamos ido na visita anterior, quando conhecemos a Cachoeira de Santo Antônio, e comemos pela primeira vez camarão no bafo. Sentei junto de Taiana e ela foi contando da vida na fazenda da família Costa no lavrado roraimense e na maloca em Raposa Serra do Sol, onde Fernando agora era candidato a tuxaua. Para mim era muito interessante observar os dois irmãos gêmeos, idênticos e, ao mesmo tempo, tão diferentes. Sentados um ao lado do outro, eu tentava imaginá-los recém-nascidos. Oleg contou uma vez que Benjamim nasceu tão franzino que a mãe escolheu ficar com o irmão mais forte e o abandonou no mato. Era um costume tribal quando um recém-nascido não era desejado ou tinha poucas chances de sobreviver. Cuidar de uma criança já era pesado; para cuidar de duas, então, Janaína não tinha nem leite nem braços. Quando o pai dela, tuxaua Genival, soube que Alice e Oleg tinham acabado de perder um filho, foi correndo atrás do neto, que àquela hora já estava agonizando, e o levou e entregou ao casal. Assim meu primo foi salvo.

Essa foi a nossa penúltima refeição no mundo civilizado. No dia seguinte quase doze horas de estrada difícil nos aguardavam. Em Oiapoque ainda jantaríamos bem em um restaurante na pousada Chalé Paradise, e dois dias depois, começaria bem cedo a aventura. Nossos timoneiros, Bebeto, Tonico, Samurai e o recém-contratado Peruano, já estavam esperando por nós. Era só chegar, descansar bem em uma cama limpa e poderíamos partir: os motores e todas as outras tralhas já deviam estar em ponto de bala. Eu fiz grande parte do planejamento e agora estava muito ansiosa para ver a máquina funcionar. Caio percebeu meu nervosismo e foi me dar apoio. Quando nos viu abraçados, tio Oleg exclamou:

– Mais um casal perfeito na nossa família! Hoje em dia isso é uma raridade! Somos uma exceção. Na nossa família existem vários casais exemplares e pelo jeito vocês vão entrar para esse seleto grupo, que começou com Licco e Berta, os primeiros a descobrirem a Amazônia. Realmente, a família Hazan só chegou na região há pouco tempo, durante a Segunda Guerra Mundial, e mais que rapidamente se integrou à sociedade local. A existência de uma comunidade judaica tradicional com duzentos anos de forte presença na região sem dúvida foi fundamental para essa breve adaptação. Na verdade, Licco e

Berta chegaram em Manaus na contramão do fluxo migratório. Eram tempos difíceis, porque, com a decadência da borracha, muitos habitantes da Amazônia se viram obrigados a se mudar para o Rio de Janeiro e outras cidades mais ativas economicamente. As comunidades judaicas de Belém e Manaus encolheram, mas continuaram a exercer influência sobre a cultura e a economia locais.

Chegar a Oiapoque não foi tarefa fácil. A estrada era ruim mesmo. Tivemos muita sorte porque durante todo o percurso só choveu por cerca de meia hora, o que nos permitiu manter razoável velocidade. Depois dos primeiros 350 quilômetros, na saída da cidade de Calçoene, o asfalto terminou e ainda faltavam 200 quilômetros de piçarra até Oiapoque. Estávamos com pressa, não dava para parar e Caio perguntou se mesmo assim queríamos saber um pouco sobre aquele lugar, que ele achava muito interessante.

Claro que queríamos e ele começou a contar:
– O nome deste lugarejo vem da identificação usada para as quatro importantes áreas de garimpo do Amapá. Uma destas áreas, Calço N, com significado de "Cunha do Norte", ficava exatamente nesta área. Calço N virou Calçoene – explicou Caio. – A principal atração daqui é o Parque Arqueológico do Solstício, um círculo de pedras de granito com 30 metros de diâmetro. Cada pedra pode ter até 4 metros de comprimento e outros tantos de altura. Muitos chamam Calçoene de "Stonehenge brasileira". Interessante que um círculo semelhante foi descoberto também na Guiana Francesa. Como estas

pedras não são originárias da região, os arqueólogos supõem que dois mil anos atrás elas foram trazidas de longe para servir na formação de um observatório indígena. Ainda não se sabe como essas pedras foram transportadas e nem como exatamente este observatório funcionava – concluiu Caio.

Isaías não conseguia acreditar.

– Que coisa incrível! Nunca ouvi falar deste lugar. Quem sabe na volta podemos conhecer melhor – sugeriu ele.

– Eu sabia que iriam se interessar. Não dava para programar nada nesta viagem porque o Parque Arqueológico fica num atalho a 15 quilômetros de Calçoene. Essa trilha está em péssimo estado e o trajeto de ida e volta pode levar várias horas – lamentou Caio.

O asfalto terminou em Calçoene. Até Oiapoque, a estrada era de piçarra malcuidada, os buracos se tornaram crateras e fomos obrigados a diminuir a velocidade. Definitivamente aquela estrada não serviria para pessoas com problemas na coluna. O ônibus estava balançando tanto que às vezes era melhor ficar de pé para amortecer mais os choques.

O percurso de Macapá a Oiapoque levou realmente as doze horas que Caio tinha previsto. Chegamos ao Chalé Paradise junto com os últimos raios de sol.

Tanto o jantar quanto o café da manhã na pousada foram deliciosos. Em um primeiro momento, achamos estranho que a pousada estivesse cheia de franceses e nós fôssemos os únicos hóspedes brasileiros. Até o televisor no restaurante estava sintonizado numa estação francesa e aparentemente ninguém sentia falta da novela das oito. Perguntamos ao garçom e ele explicou que aquele era o estado normal das coisas. A estrada para Caiena era um tapete, enquanto, no lado brasileiro, era a buraqueira que conhecemos. Os franceses pagam em euros, são acostumados e aceitam preços mais salgados, enquanto o real era muito desvalorizado. Nos dias seguintes, nos acostumamos com a realidade. Na época dos alemães, os índios adoravam todo tipo de quinquilharia e ficavam felizes com pérolas de vidro e outros pequenos presentes. Não demoramos para descobrir que hoje em dia essa realidade não existe mais: os moradores da região, índios ou não, sabem fazer contas e têm clara preferência pelo euro.

Sem dúvidas o rio Oiapoque é a autoestrada mais importante da região. Na frente da cidade, ele é bastante largo e parece bem navegável. Ainda eram 7 horas da manhã, mas o movimento de todo tipo de barcos já era bastante intenso. Caboclos, garimpeiros e índios que habitam rio acima abastecem ali e por isso um grande número de voadeiras transportam comida, bebida, vestuário, ferramentas e todo tipo de produtos. Peruano, nosso timoneiro, que é de lá e conhecia bem a região, explicou que a atividade que mais prolifera naquele fim do mundo é o contrabando puro e simples.

Chegou a hora de nos despedirmos da Maria Bonita e David, que só não ia conosco porque poucos dias antes da viagem havia quebrado o braço. Confesso que fiquei com pena dele. Na semana anterior, ainda em Manaus, ele fora obrigado a desistir da viagem, estava muito triste e a frustração estava estampada em sua cara. Era compreensível – irmãos e amigos estavam realizando um sonho planejado por muito tempo, do qual, por uma besteira, ele não poderia participar. Atento, Oleg percebeu o drama do filho e tentou ajudar. Sugeriu que, mesmo com o braço imobilizado, ele viajasse conosco e ficasse junto com Maria Bonita no Chalé Paradise para servir de retaguarda. David com certeza preferia ir conosco, mas naquelas circunstâncias nem pensou duas vezes e aceitou na hora.

A saída tranquila da cidade foi um ledo engano. Após meia hora de corrida, apareceu o primeiro grande obstáculo: esbarramos em um muro intransponível de cascatas e pequenas quedas d'água. Seguimos os outros barcos, que estavam indo na mesma direção, e encostamos numa pequena ilhota, que aparentemente servia de ponte. Descarregamos toda a bagagem e os homens iniciaram o trabalho sobre-humano de, um por um, carregar e arrastar os barcos por mais de 50 metros até o outro lado da ilha. Terminada essa parte mais penosa, carregamos também nossa bagagem para o outro lado. Levou mais de duas horas para enfim ficarmos prontos para prosseguir viagem. Outros barcos não paravam de chegar e ficou claro que aquele caminho era obrigatório para todo mundo. Tanto que, para nossa surpresa, descobrimos, escondido num canto da ilha, um barzinho onde havia todo tipo de bebida gelada. Estávamos encharcados de suor e tomar uma água gelada no barzinho antes da partida era uma boa pedida. Na nossa frente duas pessoas pediram cerveja em francês. Chegamos mais perto e só então entendemos que se tratava de dois jovens indígenas. Eles pagaram com euro e se despediram com um sonoro "à bientôt". Quando já estavam à distância, Samurai explicou:

– Wayapis. Provavelmente de Camopi. Eles vêm uma vez por mês a St. Georges para pegar a mesada do governo francês. Falam francês e português, além da língua deles.

Este foi o nosso primeiro encontro com os indígenas franceses.

Estávamos andando em boa velocidade. As canoas andam em fila, uma atrás da outra, e os timoneiros sempre mantêm boa distância entre elas. Peruano dirigia a primeira voadeira, Samurai o seguia com a segunda e na terceira Bebeto e Tonico se revezavam. As margens estavam cobertas pela floresta cerrada, que forma uma verdadeira muralha intransponível. Exceto pelos pássaros, era muito difícil ver algum sinal de vida em terra firme. Em alguns trechos, botos nos acompanhavam e pareciam felizes de ter um público a quem podiam se exibir. Senti Taiana e Fernando maravilhados com a natureza exuberante que nos cercava. Eles eram da Raposa Serra do Sol, uma outra Amazônia, completamente diferente, onde predominam as estepes do lavrado roraimense. Outro que estava impressionado com a majestade da floresta selvagem era Isaías. Ele nascera em Rondônia, em um seringal cercado de matas parecidas com as de onde estávamos, só que fazia muito tempo. Havia anos ele estava mais acostumado com a selva de pedra de São Paulo.

Seguíamos contra a correnteza, por isso andávamos sempre mais perto da margem, onde a força dela é menor. Dava para ver muitas árvores caídas na água pela força da erosão e dos ventos. Nos troncos de quase todas vários tracajás ficavam expostos ao sol e, assustados com o movimento e o barulho dos nossos barcos, se deixavam cair na água procurando refúgio. Já tinha visto coisa parecida, mas nunca tantos quelônios juntos. De longe vimos carneirinhos brancos que se formam em todos os lugares onde há pedras ou outro obstáculo embaixo da água. Quando os carneirinhos são muitos, os timoneiros são obrigados a redobrar a atenção e diminuir a velocidade. De vez em quando, cruzávamos com barcos cheios de mercadorias e de gente. Os ocupantes nos saudavam amigavelmente e nós respondíamos da mesma maneira. Essa cordialidade pode ser falsa, informou o Peruano. Nosso rio tão lindo é frequentado por todo tipo de gente: caboclos, índios, garimpeiros, mas também traficantes de drogas, contrabandistas, caçadores e aventureiros de todas as espécies. Com esse hábitat, tio Oleg estava acostumado, e eu o sentia até rejuvenescido:

– Conheço bem! – exclamou ele. – Vivi essa mesma realidade trinta anos atrás, em Rondônia.

– Estamos passando a ilha Kouaman – informou Samurai. – Agora vem uma região de muitas cachoeiras.

Já tínhamos passado por dezenas de cachoeiras e eu não conseguia imaginar que só agora estávamos chegando à região delas, mas logo me convenci de que era assim mesmo. Com extremo cuidado, atravessamos uma sequência delas, e chegou uma hora em que todos entramos na água, para aliviar o peso e diminuir o calado. Agora eu tinha entendido por que a recomendação de sempre usar tênis resistente ou sapato próprio para andar na água. O fundo do rio é muito irregular e cheio de tocos e pedras afiadas, que são um verdadeiro perigo. Às vezes, a água chega até a cintura, e de repente afundamos e precisamos segurar a borda do barco e flutuar, e em seguida tropeçamos em alguma rocha afiada. Demoramos mais de uma hora para atravessar essa parte, que compreende inúmeras cascatas e cachoeiras, a maior parte de pequeno porte. Ainda bem que em março o nível da água já fica alto – na seca, deve ser muito mais difícil navegar por ali.

Percorrido esse trecho mais difícil, voltamos a nos acomodar nas canoas e avançamos bem. Diminuímos a velocidade quando passamos pelo encontro das águas do Oiapoque com o Anotai, que é um rio muito menor. De onde estávamos nada indicava que esse pequeno rio seria tão difícil como contavam Samurai e Peruano. Dali a alguns dias voltaríamos àquele lugar, agora por razões puramente turísticas. Oleg e Caio ouviram tantos comentários que queriam conhecer. De lá para frente era mais fácil, de acordo com Samurai.

Depois de passar mais três horas espremidos nas voadeiras sem poder esticar as pernas, finalmente estávamos chegando a Ilha Bela, o que significava que só faltava meia hora para o nosso destino: Vila Brasil. A ilha serve de entreposto comercial que abastece os garimpeiros, que partem de lá para dentro da floresta, levando comida, bebida, ferramentas, roupa e tudo mais. A ilha não é tão bela assim, além de ser bastante suja e fedorenta. A fronteira corre em algum lugar no meio do rio e por muitos anos existiu a dúvida sobre a que país pertence a ilha. Por conta dessa indefinição, os moradores não obedeciam a nenhuma regra, legislação ou obrigação. Recentemente, os dois países chegaram a um acordo, e agora Ilha Bela pertence ao Brasil e faz parte do Parque Nacional Montanhas do Tumucumaque. Após longas batalhas jurídicas foi decidido que os moradores da área, que vivem de pequenos restaurantes, bares, bordeis, prostituição e comércio ilegal, vão ter que sair da área. Só que como raramente no Brasil as sentenças são definitivas, muita gente ainda insiste em ficar naquela ilha, que só é bela no nome.

Mais um pouco e chegamos a Vila Brasil, povoado com menos de cem casas onde passaríamos a noite. Embora também fique dentro da reserva, a situação jurídica dos moradores era completamente diferente. O povoado já existia quando o parque foi criado, em 2002, e o entendimento da Justiça era de que os moradores antigos e suas famílias tinham o direito de permanecer se cumprissem certas condições. Diferentemente de Ilha Bela, a vila deixa uma impressão boa com suas casas limpas e coloridas, situadas ao longo de um charmoso braço do rio. A grande surpresa foi encontrar uma pequena, aconchegante e limpa pousada, com restaurante e tudo mais. Depois de muitas horas de canoa era tudo o que poderíamos querer! Conseguimos três quartos, o restante estava ocupado por hóspedes franceses que preferiam ficar lá a em Camopi, explicou o dono da pousada. Realmente, como Caio tinha avisado, todos os preços eram em euro. Ainda bem que estávamos prevenidos, porque naquela parte do Brasil o real, embora aceito, não é a moeda corrente principal e, devido à falta de internet, não se pode pagar com cartão. Não havia quartos para todos, mas, de qualquer maneira, até por precaução, nossos timoneiros preferiram dormir nas canoas. Estávamos carregados de utilidades, como motores de popa e gerador de luz, que eram considerados objetos de desejo naquela parte do mundo e precisavam ser vigiados e protegidos.

Meu namoro com Caio já estava oficializado, mas, na pousada Chalé Paradise, eu dividira o quarto com Maria Bonita; nunca tinha usado o mesmo quarto que ele. Dessa vez, na divisão dos quartos, Oleg me chamou e entregou uma chave para mim.

– Você e Caio – disse, e fiquei toda embaraçada.

Ele deixou escapar um sorriso cúmplice e senti que estava feliz por mim.

Uma hora mais tarde, Caio e eu estávamos passeando pela pequena vila, onde, para nossa surpresa, todos os moradores eram na verdade comerciantes de alguma coisa. Os clientes eram os indígenas franceses do Camopi, vila que fica do outro lado do rio Oiapoque a cinco minutos de barco. Todos eles vivem às custas da ajuda do governo francês e, aparentemente, ninguém trabalhava de verdade. Paramos numa loja que vendia quinquilharias e conversamos com o proprietário. Antônio era de Santarém, no Pará, aparentava ter mais de 70 anos de idade e morava já havia muitos anos na região. Perguntamos o que o atraíra para um lugar tão distante e tão isolado. A resposta estava na ponta da língua:

– O Eldorado – respondeu. – Aqui tem muito, mas muito ouro. Só precisa encontrá-lo. Se fosse mais jovem, eu iria atrás. Agora é tarde demais para mim.

Nós já sabíamos que a lenda do ouro escondido em Tumuc-Humac, como os franceses chamam a região, data de muitos anos atrás e ainda desperta enorme interesse e atrai um exército de garimpeiros.

Uma menina de no máximo 20 anos entrou na loja e Antônio a apresentou com boa dose de orgulho:

– Angélica, minha companheira.

Aparentemente, ele se sentia velho só para algumas coisas; para outras, não tanto. Caio trocou olhares de cumplicidade comigo e eu senti que ele estava pensando a mesma coisa.

Conversamos mais um pouco com o casal, perguntamos sobre a vida em Vila Brasil e Camopi.

– Depois que o governo francês começou a pagar ajuda social, ninguém mais mexe um dedo sequer – contaram. – Ali tem em torno de dois mil habitantes, dos quais metade são indígenas Waiapis, todos eles franceses ricos. Cada chefe de família ganha 1.200 euros; cada esposa, 600 euros; e cada filho vale 300 euros. E só fazer mais filhos que a renda mensal aumenta e pode chegar facilmente a 4 ou 5 mil euros. Todos vêm tomar cerveja do lado brasileiro porque aqui a cerveja e tudo mais custam a metade do preço!

Realmente, esse parecia ser um argumento forte que explicava por que todos querem morar do outro lado do rio, mas preferem gastar seu dinheiro no Brasil.

Nós nos despedimos e, quando já estávamos do lado de fora, não consegui mais segurar a risada:

– Caio, você é preconceituoso demais! Achou a esposa do coitado muito jovem para ele.

Voltamos para a nossa pousada e encontramos todo mundo tomando cerveja com o proprietário. Ivan estava feliz por receber hóspedes brasileiros e poder falar português. Contou que grande parte dos hóspedes eram funcionários do governo da Guiana Francesa, que sempre que precisam visitar Camopi preferem se hospedar em Vila Brasil. Ivan confirmou as informações que recebemos em nosso passeio e contou algumas novidades:

– Do outro lado tem internet e um aeroporto, que pode receber aviões grandes. Foi construído anos atrás especialmente para receber a visita do presidente deles.

Aprendemos também que, nos últimos anos, a Polícia Civil do Amapá realizava periodicamente operações de busca e apreensão na área de Vila Brasil e Ilha Bela na tentativa de desestimular garimpos ilegais.

– Apreendem sempre muito combustível ilegal, armazenado de forma perigosa, além de desmontar muitos bordéis onde as noitadas barulhentas são frequentes – relatou. – Na última vez, apreenderam todas as caixas acústicas das boates porque ninguém conseguiu mostrar as notas fiscais da compra. Levaram coisas com mais de dez anos de uso só para atrapalhar a diversão dos garimpeiros. Meses a fio reinou o silêncio à noite e o pessoal dançava a música dos radinhos de pilha. Agora tudo voltou ao normal e todas as boates estão devidamente legalizadas. Vamos ver qual vai ser o próximo pretexto para intervenção policial.

Dois hóspedes entraram no restaurante e Ivan foi atendê-los.

Mais tarde, ele voltou a conversar conosco e comentou:
– Franceses. Conheço eles bem. Gente importante. Vocês vão querer conhecer Camopi? Posso ajudar a organizar uma visita.

Ele e Oleg se dirigiram a outra mesa e começaram uma conversa agitada. Quase meia hora e duas cervejas depois, Oleg voltou; estava visivelmente satisfeito.

– Amanhã às 10 horas um oficial da Legião Estrangeira vem nos buscar e vai nos acompanhar na visita a Camopi. Temos autorização para passar o dia em território francês. Levem seus documentos de identidade e os telefones celulares.

Vila Brasil nos surpreendeu de várias maneiras. Ao lado da nossa pousada havia uma padaria que produzia pão de muito boa qualidade. Até os franceses de Camopi formavam fila para comprar baguete quentinha em território brasileiro. O café da manhã na nossa pousada era muito bom e na verdade estávamos tendo uma experiência melhor do que poderíamos imaginar.

Na hora combinada, chegou uma voadeira com dois ocupantes que procuraram pelo nosso grupo e se identificaram em bom português de Portugal como oficiais da Legião Estrangeira. Jean Michel e Jean Philippe iriam nos acompanhar até Camopi e depois nos deixariam à vontade. Explicamos que, além de conhecer a cidade, queríamos conversar com algumas pessoas, possivelmente com o tuxaua. Aparentemente isso não era nenhum problema e em poucos minutos entramos na França. No cais, passamos ao lado de alguns gendarmes preguiçosos, que não esboçaram nenhuma reação nem pediram documentos. Pode ser que a presença dos nossos guias tenha feito toda a diferença, mas era mais provável que os policiais estivessem sentindo calor e a preguiça fosse mais forte que a curiosidade de saber quem eram os recém-chegados. Nossos telefones logo detectaram sinal e começaram a receber as mensagens dos últimos dias. Logo descobrimos que naquela cidadezinha não havia quase nada que valesse a pena conhecer. O mercadinho era muito simples e não tinha variedade. Mesmo assim, Oleg achou vinhos franceses e, aconselhado por nossos acompanhantes franceses, comprou meia dúzia de garrafas. Duas ele deu de presente a Jean Michel e Jean Philippe, que mesmo antes do presente tinham sido bastante gentis. Eles contaram que as autoridades têm muitos problemas com os garimpeiros brasileiros, que são atrevidos e não respeitam nada nem ninguém. Na região existem vários garimpos, dos quais mais o famoso é Sikini. De vez em quando, a gendarmaria chega com helicópteros de Caiena, destrói os acampamentos e as maquinarias deles e os manda para o outro lado do rio. Invariavelmente, eles voltam poucos dias depois e o jogo de rato e gato continua. Perto de Sikini foi descoberta até uma pista de pouso clandestina. Em uma ocasião, um avião cheio de militares franceses tentou pousar e, por sorte, no último momento o piloto desconfiou de alguma coisa e abortou a aterrissagem. No dia seguinte, os militares voltaram de helicóptero e descobriram que o piloto tivera razão – a pista estava coberta de buracos camuflados com a nítida intenção de dificultar o pouso de visitantes indesejados e causar acidentes fatais.

Após conhecer o centro, os Jean nos guiaram alguns quilômetros rio acima até a entrada de um pequeno igarapé. Minutos depois de entrarmos, apareceram algumas cabanas malcuidadas com canoas de alumínio atracadas na frente. Nossos guias encostaram a voadeira deles na nossa e explicaram.

– Vamos apresentar vocês ao cacique João e vamos embora. Lembrem de voltar a Vila Brasil antes de escurecer.

– Podemos vir amanhã de novo se precisar? – perguntou Caio.

– Sim, sem problema – foi a resposta. – Sempre com luz do dia e sem entrar muito no território.

Um homem magro de barriga acentuada e cabelo longo, totalmente grisalho, saiu de uma das cabanas, cumprimentou os legionários em francês e, quando foi informado de que éramos visitantes brasileiros, apresentou-se em português:

– Sou cacique João. Eu sou francês, mas também falo português.

Jean Philippe e Jean Michel se despediram e foram em direção à cidade. Oleg ofereceu uma garrafa de vinho para João e pediu para termos uma conversa. Não havia lugar para tanta gente na frente da cabana, então o cacique ofereceu três banquinhos para nós e guardou o último para si. Oleg, Isaías e Caio desembarcaram da nossa voadeira e sentaram-se junto a ele enquanto nós permanecemos na canoa, de onde conseguíamos acompanhar a conversa.

– De que vivem os Wayapis aqui na França? – perguntou Caio.

– Pescamos – respondeu João com uma palavra só.

– Com malhadeiras e redes?

– Timbó. – Veio a resposta.

Timbó eu conhecia, tratava-se de uma espécie de veneno natural extraído de plantas, que deixa os peixes atordoados, boiando, prontos para serem facilmente apanhados à mão.

Uma mulher jovem saiu da cabana vizinha. Ela carregava um neném, que estava mamando no seio dela. Na outra mão ela segurava uma garrafa de cachaça brasileira de marca bem conhecida. De vez em quando ela tomava um gole e depois continuava com seus afazeres. O primeiro pensamento que vinha era que aquela criança era nutrida com cachaça. Vi a expressão de nojo na face da Taiana e reparei que Fernando virou a cabeça para não assistir àquela cena.

Caio fez mais algumas perguntas e logo foi direto ao assunto que nos interessava: Alemoa. Ele contou um pouco da história e explicou por que acreditávamos que a família dela pudesse estar nestas bandas.

O cacique balançou a cabeça:

– Eu sou Waiapi e sei tudo da minha tribo. Ela é Aparai. Nós nem entendemos o que eles falam.

Depois de alguns minutos, João se levantou do banco e deixou transparecer que estava com pressa e que não queria mais conversa. Já tinha feito demais por uma garrafa de vinho! Agradecemos e nos despedimos. Parece que o cacique se arrependeu de ter sido rude e, antes da nossa partida, ainda indicou:

– Bem aí, rio mais para cima, tem cabanas de Aparai.

Samurai conduziu nosso barco de volta para o rio principal. Depois de ficar a uma distância segura da cabana do cacique, ele parou, desligou o motor para todo mundo poder escutar e explicou:

– Vocês acabaram de ver como estão as coisas por aqui. Na verdade, a situação é pior ainda. O tuxaua contou que os índios pescam com veneno. É verdade. Mas também pescam com bombas de dinamite, que é muito pior. Como vão reparar, todos eles, praticamente sem exceções, são viciados em álcool. Começam a beber de manhã e não param mais. A ajuda financeira do governo francês só piorou as coisas. Ninguém mais mexe uma palha.

Samurai ligou o motor e acelerou na direção indicada pelo cacique João.

Depois de poucos minutos, reparamos em uma outra entrada de igarapé. Avançamos devagar e logo nos deparamos com algumas cabanas em mal estado de conservação. Chamou a atenção que, por cima das palhas que as cobriam, destacavam-se pedaços de lona plástica. Essa solução improvisada por si só falava mal do estado geral da cabana e era sinal de que a palha era bastante antiga, não conseguia segurar a chuva como devia e precisava de reparos. Quando chegamos mais perto nos deparamos com quatro homens que estavam embarcando em uma canoa. Com um misto de preocupação e curiosidade, eles esperaram a nossa chegada.

– Aparai – anunciou Samurai baixinho.

Não sei como ele identificou a tribo com tanta rapidez. Para mim era tudo igual. Oleg cumprimentou e lá se foi mais uma garrafa de vinho de presente.

– Podemos conversar? Somos do Brasil. Viemos de Manaus, lá no Amazonas.

Antes de responder, os homens conversaram rapidamente entre si em seu idioma. Inesperadamente, Fernando, que até então estava calado, entrou na conversa em uma língua que os Aparai pareciam entender pelo menos parcialmente.

– Consigo entender algumas palavras – exclamou Taiana emocionada. Quase o tempo todo ela ficava sentada ao meu lado e nós comentávamos tudo o que acontecia. Estávamos nos tornando amigas de verdade. Durante os deslocamentos, ela descreveu a vida na fazenda da família, onde eles cultivam verduras orgânicas para abastecer o mercado de Boa Vista. Taiana contou que a avó dela, Iolanda, da tribo Wapichana, de Roraima, casou-se com Mario Costa, que assim como Oleg era de origem búlgara. Dessa união nasceu o pai dela, Antônio, que eu conheço. Fernando, o marido dela, é Macuxi e eles passam temporadas na aldeia, que fica perto da antiga fazenda da família Costa no rio Surumu. O avô e o padrasto do Fernando tinham sido tuxauas da tribo e agora ele era candidato a líder da aldeia.

Caio fez as mesmas perguntas que já tinha feito ao cacique João e as respostas foram mais ou menos as mesmas. Não, ninguém conheceu a tal Cessé, nem Macassa, nem Pitoma ou Ponucato. Os nomes hoje em dia são todos afrancesados, ninguém mais quer ser chamado de Garacomano ou Tocaropone. De Aparai loira eles só lembram de uma e ela é filha de um padre holandês.

Antes de nos despedirmos, um deles ainda perguntou se Fernando era da tribo Wayana. A pergunta fazia sentido. Os Wayana falam uma língua que é do tronco linguístico Karib e é por essa razão que eles conseguem se entender. Tentamos explicar que ele era Macuxi de Roraima e que a língua dele tem a mesma origem que a deles, mas ficou a nítida impressão de que não entenderam bem.

Nós nos despedimos e continuamos nossa busca, conversamos com muita gente e ficamos assombrados com como a história se repetia. Tinha ficado claro que os indígenas franceses eram totalmente dependentes da generosa ajuda social do governo francês, que paradoxalmente não melhora a vida deles, mas, pelo contrário, os induz cada vez mais ao alcoolismo e à decadência. Não encontramos nenhum índio trabalhando, mas vimos vários caboclos brasileiros, moradores de Vila Brasil, construindo cabanas e prestando uma variedade de serviços para eles por 25 euros por dia. Tinha ficado claro que o único projeto de vida daquela gente era a próxima visita a Vila Brasil, onde o euro vale bastante e a cerveja e a cachaça são muito baratas.

Não pude evitar me lembrar do livro *O enigma do inferno na selva*, no qual o líder da expedição alemã escreveu que os homens da floresta têm um entendimento diferente do mundo e não conseguem nem imaginar que os frutos do trabalho de uma pessoa possam ser vendidos e comprados. Para eles, o lógico seria que aquilo de que você precisa, você produz. Você usa arco, flechas e canoa, então tem que saber fazê-los. Dessa lógica vem o entendimento de que com sua experiência longa os mais velhos conseguem fazer tudo muito melhor, por isso o tuxaua é tão poderoso e tão respeitado.

Contei isso para Taiana e os olhos dela se encheram de lágrimas.

– Sim – confirmou ela. – Só que esse modo de pensar está desaparecendo. Aqui então ninguém nem se lembra dele.

Quando voltamos no fim do dia a Vila Brasil, vimos o cacique João e grande parte dos outros que entrevistamos naquele dia enchendo a cara nos botecos que cercavam nossa pousada. O olhar vazio e a fala lenta e difícil de entender indicavam claramente que muitos deles já estavam além dos limites. Taiana estava visivelmente chocada:

– Nós também temos gente viciada em bebida, mas nada tão horrível! – exclamou ela. – Quando você contou o que os alemães escreveram sobre Winnetou, fiquei orgulhosa. O índio que eles enxergaram era um homem bonito e digno! Estátua de bronze esculpida por um mestre! O que nós estamos vendo agora são umas criaturas lastimáveis, preguiçosas, flácidas, barrigudas e bêbadas. É difícil de acreditar que se trata dos descendentes daquele mesmo homem.

Na hora do jantar, encontramos de novo os dois franceses, que na noite anterior haviam conversado com tio

Oleg e autorizado a nossa entrada em Camopi. Convidamos o proprietário da pousada e eles a se sentarem à nossa mesa e Oleg abriu as duas garrafas de vinho que restavam. O sr. Marcel Dejan e o sr. Jacques de Saint Martin vinham da capital Caiena uma vez por mês a serviço do governo e sempre se hospedavam em Vila Brasil, na pousada do Ivan, onde sempre eram bem recebidos. A conversa foi bastante interessante, nós contamos um pouco sobre nossa procura pela Alemoa e pelo Winnetou e eles relataram em português bastante razoável as dificuldades que a França encontra em seu território sul-americano. O dr. Isaías aproveitou o tema e fez a pergunta que atormentava a todos nós:

– A ajuda social paga pelo governo francês para os indígenas ajuda ou atrapalha? Nós tivemos uma péssima impressão!

A resposta foi taxativa e bastante surpreendente:
– *Voilá*! *Voilá*! Atrapalha e muito – respondeu Marcel.

A pergunta seguinte de Isaías era muito lógica:
– E por que o governo francês não tenta alguma coisa melhor?

A resposta imediata também fazia todo o sentido:
– Ninguém vai ter coragem de mexer nisso. Se a França parar de pagar a ajuda social aos indígenas, as ONGs de direitos humanos vão à loucura. Esse tipo de programa assistencial só tem começo, mas nunca vai ter fim. Para completar, temos um monte de garimpeiros brasileiros armados em nosso território e não sabemos o que fazer com eles.

O vinho acabou e todo mundo estava bastante cansado.

– Hora de dormir – anunciou Jacques. – Amanhã é quinta-feira e cedo voltamos a Caiena. O tal do vírus chinês já chegou na França e as notícias não são nada boas. Amanhã à tarde Vila Brasil vai se encher de garimpeiros, as boates vão estar lotadas e o barulho dos autofalantes não vai deixar ninguém dormir. Não tem quem aguente...

– *Bonne nuit*! Boa noite! – concluiu Oleg. – Amanhã vamos conhecer o rio Anotai. Vamos fazer um pouco de turismo.

Antes de se retirar, o sr. Marcel pediu para conversar a sós por um instante com Oleg. Estava ficando tarde e nos despedimos. O dia seguinte prometia novas emoções e precisávamos descansar.

Na hora do café da manhã, Oleg anunciou que só iríamos sair depois do almoço. Justificou que no fim da noite Marcel lhe contara sobre um professor universitário francês, estudioso de línguas indígenas, que morava atualmente em Camopi e convivia bastante com as diferentes tribos. Na opinião dele, o professor poderia nos ajudar mais que qualquer outra pessoa na procura da Alemoa. Garantiu mandá-lo para a nossa pousada ainda naquela manhã e pediu que esperássemos por ele.

Antes de terminarmos o nosso café, observamos a chegada de uma lancha esportiva dirigida por um senhor de meia-idade, que impressionava pela boa aparência, a começar pelo impecável chapéu Panamá. Ele entrou na pousada e se dirigiu diretamente ao nosso grupo. Em português misturado com espanhol com forte sotaque francês, o professor Pierre se apresentou e contou que estava havia mais de um ano em Camopi, estudando as diferentes línguas indígenas, sobre as quais estava escrevendo um livro. O sr. Marcel, a quem ele apreciava muito, teria pedido que nos ajudasse com tudo o que pudesse e ele estava à nossa disposição. A conversa fluiu e Oleg contou, com poucas palavras, sobre a expedição alemã e explicou que estávamos procurando uma Aparai de mais de 80 anos de idade, cujo nome era Cessé, chamada também de Alemoa, que era filha de um daqueles alemães. Deixou claro que não sabíamos se ela estava viva, mas também estávamos interessados nos filhos e netos dela. Demos os nomes do restante da família: Macassa, Garocomano, Takaropone, Ponucato e até Pitoma. Pierre sorriu e repetiu o que nós já sabíamos: aqueles nomes raramente eram usados atualmente, pelo menos não do lado francês. Ele ficou pensativo e depois de alguma demora sugeriu que procurássemos uma pequena aldeia Aparai que ficava no riacho Armontabo, afluente do Oiapoque no lado francês. Na mesma região, só que do lado brasileiro, ele explicou, havia outro afluente que se chamava rio Cricou. Teria que vasculhar os dois riachos já que, por causa da ajuda financeira, os índios têm residência na maloca do lado francês, mas passam temporadas do lado brasileiro. Originalmente, grande parte desses Aparai eram brasileiros, mas já fazia tempo que tinham passado para o lado francês por causa do benefício social e atualmente eram todos cidadãos franceses.

– Vão gostar deles! Eles recebem a ajuda financeira, mas preservam um estilo de vida parecido com antigamente.

– Onde ficam esses rios? – perguntou Caio.

– Na metade do caminho para St. Georges e para a cidade de Oiapoque. Na vinda para Vila Brasil vocês passaram bem ao lado. Eles deságuam no Oiapoque, naquele lugar onde tem muitas cachoeiras. Descendo o rio a três ou quatro horas daqui, depois do rio Anotai, do lado esquerdo, vocês vão ver a entrada do Armontabo. Pouco depois de atravessar aquela cachoeira extensa, do lado brasileiro, fica o furo do rio Cricou.

– Procurem primeiro no Armontabo, no lado francês. Em cima da segunda grande cascata fica a aldeia. Vão ter que passar por várias cachoeiras menores, mas só tem duas difíceis.

– Não temos permissão para entrar – ponderou Caio. Nossos contatos da legião estrangeira, recomendados pelo sr. Marcel, pediram expressamente para nos limitarmos à orla do rio Oiapoque e só à luz do dia.

– Não vão ter problemas. Nesses riachos nunca deu ouro e nem existiu garimpo, por isso a gendarmaria nunca vai lá. Além disso, mesmo por aqui faz pouco tempo que os militares vasculharam a região e botaram todos os invasores para correr. Vai demorar um pouco para eles voltarem e a gendarmaria também – afirmou Pierre.

Antes de ir embora ele contou que pretendia visitar Manaus ainda naquele ano e Oleg deu nosso endereço e telefone.

– *Bonne chance*! Boa sorte! – Pierre se despediu e se dirigiu a sua lancha.

– Que tal trocar o passeio no rio Anotai pela visita a essa aldeia? Vocês acham que vão conseguir achar esses rios? – Oleg perguntou aos timoneiros.

Peruano se apressou em informar que sabia onde ficava Armontabo e que já havia entrado uma vez até a primeira cachoeira. Rio Cricou ele também conhecia.

– Se sairmos agora vamos chegar na boca do igarapé Armontabo no fim do dia – afirmou ele.

Ninguém de nós gostava da ideia de entrar sem permissão em território estrangeiro, mas, por outro lado, depois do começo decepcionante, agora finalmente tinha aparecido uma oportunidade.

– Pelo menos temos a autorização do sr. Pierre. Vamos ao rio Armontabo atrás da Alemoa – sugeriu Caio, e todos concordamos.

Estávamos entrando no pequeno rio. Segundo Peruano, demoraria um pouco até chegarmos à primeira grande cachoeira. Até lá eram só algumas praias de areia fina que, à noite, se os mosquitos permitissem, seriam cenário do nosso acampamento. O tempo também prometia e estávamos prevendo tomar um banho de rio e depois fazer churrasco em volta de uma fogueira aconchegante. Peruano recomendou que todos descansassem bem, porque depois daquele início paradisíaco viriam uma cachoeira muito difícil e várias outras que nem ele conhecia.

O riacho Armontabo é um pequeno tributário cheio de curvas, muito mais estreito que o Oiapoque. Já na entrada, os proeiros tomaram posição na ponta das canoas, todo mundo se armou de remo na mão e os timoneiros ficaram de pé para poder enxergar melhor. Avançamos devagar, em alguns lugares sentimos o fundo do barco roçar a areia no fundo. O timoneiro levantou a rabeta do motor e ela ficou totalmente fora da água. Seguimos a remo até passar aquele trecho raso demais. Peruano, o timoneiro da primeira canoa, indicou o caminho e nós o seguimos. Taiana e eu estávamos na segunda canoa, que era conduzida pelo Samurai, com Caio de proeiro. Depois de uma hora e prováveis cem curvas o rio ficou um pouco mais largo e apareceu uma pequena praia.

– Chegamos – anunciou Peruano. – Vamos pernoitar aqui. Amanhã ao meio-dia chegaremos à primeira grande cachoeira.

Para mim, era a melhor hora. Adoro preparar o acampamento, escolher a posição das redes, colher galhos mais secos e cascas de árvores para a fogueira, e, naturalmente, tomar banho de rio. A água era limpa, transparente e gelada para os padrões amazônicos. Taiana me acompanhava em tudo, e, surpresa, descobri que, na verdade, ela estava aprendendo comigo e que eu estava desempenhando o papel de irmã mais velha.

– Não estou acostumada – confessou ela. – Moramos no lavrado de Roraima, onde não tem muita floresta, nem árvores tão altas como aqui. Roraima tem florestas lindas, mas elas ficam longe.

– Tia Alice contou que onde você mora tem até cavalos selvagens. Ouvi dela que você é a única que consegue chegar perto deles.

Fazia tempo que eu queria tocar nesse assunto.

– Eles são muito ariscos. Tem que ter paciência e jeito – respondeu ela, como se fosse algo fácil de fazer.

Da floresta veio um som estridente, que eu conhecia.

– Tem tucanos na área. Estamos ouvindo os gritos deles – comentei, e nesse exato momento dois lindos tucanos atravessaram o rio, perseguidos por pássaros muito menores, que tentam bicá-los.

– Conheço bem isso – exclamou Taiana. – Os tucanos são pássaros lindos, mas também grandes predadores de ovos e filhotes de japiins, japos e outros pássaros. Os bicos compridos chegam até o fundo dos ninhos e fazem grandes estragos.

Estávamos curtindo mais um espetacular pôr do sol no fim da tarde quando, de repente, ouvimos vozes altas e barulho de motores de popa chegando cada vez mais perto. Logo apareceram duas canoas, com quatro ocupantes cada, que desciam em direção a Oiapoque. O rio era muito estreito e eles passaram bem próximo ao nosso lado sem esboçar qualquer reação ou pelo menos nos cumprimentar. Ficou claro que estávamos incomodando. Pelas ferramentas que estavam visíveis nas canoas era óbvio que se tratava de garimpeiros. Percebia-se nitidamente que não esperavam encontrar outras pessoas na região e não estavam muito felizes com o encontro.

– Garimpo ilegal – comentou Peruano depois que eles se distanciaram. – Esses caras só podem ser brabos, como chamamos os garimpeiros inexperientes.

– Todo mundo sabe que estas bandas nunca deram ouro! Pior que eles estão armados – completou Samurai.

Peruano e Samurai foram até as canoas e, para nossa surpresa, desenterraram dois revólveres, que estavam escondidos na bagagem.

– Se Deus quiser não vamos precisar de nada disso, mas pelo menos não estamos totalmente indefesos – proclamou Samurai. – Se alguém perguntar, façam de conta que não viram.

– Estas armas não vão servir para nada – avaliou Oleg. – Os garimpeiros provavelmente estão muito mais bem armados. Pensei que não deveríamos portar armas.

– Não devemos mesmo. Essa foi uma das condições para conseguir a licença – confirmou Caio. – Tomara que estes garimpeiros sejam os únicos. Acho importante avisar David e Maria Bonita e dar as coordenadas de onde estamos.

A fogueira estava pronta e começamos a preparar o nosso churrasco. Oleg estava visivelmente preocupado. Com uma das canoas ele foi até o meio do rio e tentou telefonar, mas, por causa das árvores gigantescas que nos cercavam, não conseguiu sinal de satélite. Voltou quando já estava quase escuro e insistiu:

– Amanhã, assim que aparecer um lugar mais aberto, precisamos ligar, dar nossas coordenadas e avisar que encontramos garimpeiros na área.

A previsão de uma noite agradável se cumpriu. A temperatura no meio da floresta baixou e, com a umidade alta, começamos a sentir frio.

– Quem diria que iríamos bater queixo no meio da floresta amazônica – comentou Isaías. A conversa sobre o frio trouxe de novo o tema do aquecimento global e a inconstância no clima terrestre. Oleg, que conhece e adora falar sobre esse assunto, não perdeu a oportunidade de dar seu show:

– Se tem alguma coisa instável neste mundo, essa coisa é o nosso clima. Ao longo dos milhões de anos de existência da Terra, as temperaturas nunca pararam de oscilar. Quando falamos em carbono e efeito estufa, estamos tratando o problema imediato do clima do planeta. Existe também outra realidade, que a maior parte das pessoas desconhece. Querem ver a mudança do clima por um outro ângulo? – provocou ele.

– Queremos, sim.

A noite estava super agradável, todos estávamos confortavelmente instalados em volta da fogueira, alguns bebericando cerveja ainda gelada. Encostei em Caio, procurei o calor do corpo dele e curti uma linda sensação de tranquilidade e paz.

— Os vikings relataram que, mil anos atrás, encontraram grandes áreas verdes na Groenlândia, que hoje em dia não existem mais — começou tio Oleg.

— De vez em quando alguém encontra restos mortais de mamutes, mastodontes e dinossauros em lugares tão pouco prováveis quanto a Sibéria e o Alasca. Isso indica claramente que em outros tempos ali as temperaturas já foram bem mais amenas. Até onde sabemos, houve pelo menos cinco grandes ciclos de eras glaciais. Tipicamente, na longa história da Terra, após noventa mil anos de gelo, seguem-se dez ou quinze mil anos de temperaturas mais quentes. E tem mais, ao longo de uma era de gelo prolongada ocorrem curtos períodos de frio intenso, chamados de glaciações. A última glaciação aconteceu vinte mil anos atrás. É surpreendente que, em oitenta por cento do tempo da sua existência, nosso planeta azul tenha sido um lugar inóspito coberto de geleiras. Nos outros vinte por cento, as coisas melhoravam e, com o calor, brotava a vida. O último período de gelo terminou doze mil anos atrás e, com a volta de temperaturas moderadas, apareceu o mundo como o conhecemos. Pela regra existente é razoável pensar que, atualmente, estamos às vésperas de uma nova era glacial.

Oleg se calou por um instante e concluiu:

— Calma. Não precisam correr para comprar roupas e cobertores de lã em Vila Brasil! Isso pode levar alguns milhares de anos para acontecer.

Em nosso grupo havia alguns ouvintes que assistiam ao relato meio incrédulos. Bebeto, Tonico, Samurai e

Peruano nunca nem tinham ouvido falar das eras glaciais e era até cômico observá-los naquele momento. Se para todos nós já era difícil imaginar esses eventos gigantescos, imagine para eles. Indiferente à plateia, Oleg continuou:
— As causas não são totalmente claras, mas tudo indica que as eras glaciais são provocadas pela combinação de diversos fatores, como mudanças na órbita da Terra em torno do sol ou talvez alterações na órbita do sol em nossa galáxia. Também temos que considerar os níveis de atividade solar, os ciclos solares, as manchas solares e as ações vulcânicas, que facilmente podem causar variações para mais quente e outras para mais frio. As épocas mais curtas de baixas temperaturas receberam nomes de cientistas famosos como Dalton e Maunder. Em 1812, aconteceu o clássico exemplo de mínimo de Dalton: o frio intenso acabou com os exércitos do Napoleão na Rússia e, por essa façanha, recebeu o apelido de General Inverno. Alguns cientistas esperam que ocorra na primeira metade do século XXI, em outras palavras, para qualquer hora, um mínimo de Maunder. Felizmente, as previsões são de que este fenômeno, se confirmado, só faça pequenos estragos. Essa é a boa notícia. A ruim é que alguns estudiosos preveem para não muito distante uma inevitável era glacial prolongada com todas as consequências desastrosas para nós, humanos.

   Oleg se calou por um instante e depois terminou:
— Espero que esse "não muito distante" demore milênios e não estrague a vida dos meus bisnetos. A gente se sente tão pequeno diante disso. Pessoalmente, prefiro ser mais otimista e ajudar a combater a geração excessiva de dióxido de carbono e o efeito estufa.

– Afe! – exclamou Samurai. – Pensei que a Terra fosse um lugar mais seguro!

Acordei com os primeiros raios de sol. Estiquei o braço e toquei na rede do Caio. Ele respondeu o toque e entendi que também estava acordando. Dormi muito bem naquela noite, realmente fez frio e graças a Deus os piuns não deram o ar de sua graça. Tirei a cara de dentro do saco de dormir, olhei em volta e vi Caio se espreguiçando em sua rede. Ele sorriu e disse:
– Eu acho que essa noite acabou de passar do mínimo de Maunder.

Não pude conter a gargalhada. Caio tinha essa maravilhosa habilidade de me fazer rir.

Uma hora mais tarde estávamos todos sentados em nossas canoas, prontos para enfrentar as cachoeiras. Todo mundo estava bem-disposto, e claramente a expectativa era de uma aventura forte e emocionante. Eu esperava isso de Caio, Oleg, Benjamim e dos timoneiros, mas a disposição dos calouros do grupo me surpreendeu: nós estávamos todos com a adrenalina nas alturas. No caminho, apareceu um local aberto e Oleg pediu para parar. Nós o vimos falar ao telefone e logo em seguida continuamos nosso caminho. Andávamos devagar, mas só precisamos sair das canoas uma única vez. Perto do meio-dia começaram a aparecer as primeiras florezinhas violeta e conseguimos perceber o som ameaçador de água caindo, que foi crescendo sem parar. Depois de mais uma curva, demos de cara com uma cascata de vários degraus esculpidos na rocha, alguns com mais de 5 metros de altura. Naquele lugar de repente toda a água do riacho se espremia em uma estreita passagem entre os rochedos, respingava por todos os lados e formava um espetáculo lindo e assustador. Os timoneiros encostaram nossos barcos numa prainha onde a água era mais calma e começamos os trabalhos de tirar tudo dos barcos e arrastar os cascos de alumínio para fora da água.

"E agora?", perguntei a mim mesma sem pronunciar uma só palavra. Subir as canoas pela cascata, que era alta e poderosa demais, não parecia uma tarefa possível. Samurai parecia ter adivinhado o meu dilema e mostrou com um movimento do braço para o mato que cercava a cachoeira. Olhei para ele incrédula, pois esse tipo de passada pelo seco em lugar tão íngreme até então não tínhamos feito. Difícil de acreditar, mas era isso mesmo. Comemos rapidamente os sanduíches, que havíamos comprado antes de sair de Vila Brasil, e começamos os trabalhos. Armados com facões, os homens cortavam galhos mais ou menos uniformes com diâmetro de 5 ou 10 centímetros e faziam um verdadeiro caminho pelo mato até 20 metros à frente da primeira canoa. Na verdade estávamos renovando e melhorando uma trilha já existente. Provavelmente os índios usavam aquele caminho com frequência, e com certeza os garimpeiros, que encontramos no dia anterior, seguiram a mesma rota tanto na ida quanto na volta. No chão podíamos distinguir galhos secos e outros mais novos, o que indicava claramente que a via fora usada múltiplas vezes no passado. Deu para entender: quando o barco avançava ladeira acima, os galhos de baixo dele rolavam e isso ajudava o casco a deslizar e avançar com mais facilidade. Mesmo assim os avanços eram ínfimos, sempre contados em centímetros. A cada avanço maior, colhíamos os galhos que sobravam atrás da canoa e os posicionávamos na frente, possibilitando o movimento seguinte. No meio do mato nem adiantava tentar se defender dos mosquitos, pois eles vinham em nuvens. Todos estávamos de coletes salva-vidas, que nos protegiam um pouco dos espinhos do mato e dos insetos. Quando, duas horas mais tarde, a primeira canoa chegou no topo, Taiana e eu já tínhamos feito quatro viagens completas carregando bagagem, mochilas, redes e suprimentos e estávamos no meio da quinta subida.

– Descanso de meia hora. – Apesar do barulho da cascata, escutamos a voz do Oleg lá de cima.

– Vamos levar água para eles – sugeriu Taiana.

Largamos os objetos que carregávamos e iniciamos a descida para pegar garrafas de água mineral para os homens, que deveriam estar com muita sede.

De repente, Taiana parou e me segurou:

– Lá embaixo tem gente – sussurrou ela.

Por causa da vegetação não dava para enxergar bem, mas logo realmente deu para perceber alguma movimentação estranha. Descemos mais um pouco e gelamos. Nossas canoas, entulhadas com grande parte da bagagem que tínhamos acabado de descarregar, estavam sendo rebocadas e já estavam a uma boa distância da margem do rio. A movimentação toda era feita por meio de remos, com a clara intenção de evitar qualquer barulho que pudesse chamar a nossa atenção. A única reação possível foi gritar por socorro, e foi o que fiz com todas as minhas forças. Taiana se juntou a mim e pudemos ver os ladrões acelerando as remadas. O pessoal de cima parecia também ter enxergado os fugitivos e os gritos deles se juntaram aos nossos. De repente ouvimos o som de tiros vindos dos barcos e nos prostramos atrás das rochas. Lágrimas escorreram pela face da Taiana e eu também não consegui conter meu choro. Estávamos passando por um pesadelo! Ficamos imóveis por alguns instantes e então ouvimos lá longe o barulho de motor de popa; pouco depois ficou só o ruído monótono da cachoeira. O pessoal de cima desceu e percebemos que estávamos todos em choque. O que acabara de acontecer tinha sido um desastre de enormes proporções com consequências imprevisíveis. Caio veio e me abraçou com força e aquele contato físico aliviou um pouco a dor e a aflição que tomavam conta de mim naquele momento. Senti Oleg totalmente derrotado, como nunca o tinha visto. Pela primeira vez a idade dele ficou tão visível:

– Cometi um erro grave! – sussurrou ele. – Eu deveria ter imaginado! Ontem eles viram nossos motores! Para esse pessoal, os motores valem ouro! Devem ter espiado todos os nossos movimentos desde então.

– Não adianta se culpar agora. Todos cometemos o mesmo erro. – Caio tentou consolar o amigo.

– Por sorte ninguém se machucou. Os caras atiraram para matar, os tiros não foram para o ar. Eu cheguei a sentir as balas voando e vi marcas na rocha bem perto de mim. – Isaías estava realmente assustado.

Descemos até o nível da água e constatamos que ainda havia tralhas espalhadas por todos os lados. Os ladrões tinham levado todos os motores, o gerador de luz, os baldes com combustível e mais alguns volumes, mas na pressa tinham deixado muita coisa.

– Vamos ver o que restou.

Oleg estava lentamente se recompondo e tomou a frente.

– Os desgraçados levaram as armas. Ainda bem que o sr. Oleg salvou a faca dele. Ela agora é a única arma que temos – exclamou Samurai. Ele se referia à faca que Oleg sempre carregava na cintura, até na hora de dormir.

– Pior ainda: levaram os isopores com comida – lamentei. – Os isopores eram muito pesados para mim e Taiana e nós só conseguimos subir as coisas mais leves, redes e sacos de dormir, objetos pessoais, uma sacola cheia de café, fósforos e copos descartáveis.

No meio das tralhas apareceram duas panelas, que agora eram simplesmente preciosidades.

Percebi Oleg preocupado e fui conversar com ele, que me olhou de uma maneira que me deixou aflita e então soltou:

– Hoje não é meu dia. Ainda tinha esperança de que o telefone tinha ficado a salvo, só que ele estava na minha mochila e eles a levaram embora. Por sorte, hoje de manhã avisei Maria e David onde estamos e contei que encontramos garimpeiros por aqui. Vão saber onde nos procurar se demorarmos muito.

Não falei nada, mas me senti terrivelmente culpada. Por duas vezes eu quase peguei a mochila dele, mas ela estava cheia de máquinas fotográficas, tripés e outras coisas muito pesadas, e preferi carregar coisas mais leves. Aquele telefone agora poderia ter sido a nossa salvação.

– Vamos descer a canoa e as tralhas que já estão lá em cima e então decidimos o que fazer. Agora precisamos agir rápido.

Depois do primeiro momento de fraqueza, Oleg estava tomando iniciativa.

Quando os homens subiram para pegar a voadeira, Taiana e eu, surpresas, ouvimos uma verdadeira comemoração vindo de cima. Foi uma coisa muito estranha naquela hora. Menos de meia hora depois, eles chegaram arrastando o barco e entendemos a razão para tanta alegria. Dentro da canoa havia coisas muito importantes, que iriam garantir a nossa sobrevivência nos dias seguintes: bastante corda, dois remos, várias redes e todas as mochilas que Taiana e eu tínhamos carregado com tanto esforço, inclusive a nossa pequena farmácia e quatro preciosos facões. Sem dúvida, a nossa situação era muito difícil, contudo não estávamos totalmente derrotados.

Oleg pediu para todos participarem das decisões que tinham que ser tomadas naquele momento. Chegamos facilmente a um consenso de que precisávamos voltar o mais rápido possível ao rio Oiapoque, onde sempre há tráfego de barcos. Uma vez naquele rio estaríamos praticamente salvos, não estaríamos mais em solo francês e não teríamos mais nenhum problema legal. Decidimos imediatamente avançar no caminho de volta e pernoitar em alguma praia daquelas que tínhamos visto na ida. Por absoluta falta de comida, não iríamos jantar, só tomaríamos um café. No dia seguinte bem cedo tomaríamos outro café e quem sabe, com sorte, no fim do dia alcançaríamos o rio Oiapoque.

– Quero deixar uma coisa muito clara – insistiu Oleg. – É proibido se machucar. Um machucado entre nós pode complicar muito a vida de todos. Nesta parte da viagem vamos ter que entrar toda hora na água para aliviar o peso do único barco que temos. Usem o tempo todo sapatênis, pois as pedras nas quais vamos pisar são às vezes tão afiadas quanto navalhas e tem muita areia no fundo deste rio. Além do mais, provavelmente há muitas arraias. O estrago que uma arraia pode fazer é enorme.

– Nestas águas deve ter piranhas também. Se alguém tem algum machucado ou algum pequeno sangramento, deve permanecer a bordo. Isso vale para mulheres menstruadas também – complementou Caio.

Constatei mais uma vez com satisfação que, embora estivéssemos em uma situação dramática, ninguém estava desesperado. Passado o primeiro choque, a nossa comunidade de onze náufragos até que se comportava bastante bem. Por sorte desde o começo tínhamos adotado a regra de sempre andar de tênis e os pés estavam bem protegidos. Outra coisa que ajudou muito: estávamos todos de coletes salva-vidas. Naquela fatídica hora em que os bandidos levaram nossas canoas, estávamos todos vestidos com eles na tentativa de nos protegermos dos mosquitos e dos espinhos.

Antes de partir, cortamos pedaços de madeira para todos que não tinham remo. Dois remos eram muito pouco para impulsionar e controlar a direção de uma canoa de 8 metros de extensão cheia de gente, isso no meio das cachoeiras. Éramos onze naquele barco e logo ficou evidente que o peso era excessivo e que a recomendação do Oleg fazia sentido. Praticamente o tempo todo cinco ou seis pessoas ficavam fora da canoa. Nas partes rasas, eles caminhavam ao lado e corrigiam a direção, e nas partes mais fundas, flutuavam e seguravam-se nas bordas.

Nossos avanços eram bastante lentos. Andávamos com extremo cuidado, não tínhamos motor, mas a correnteza ajudava na maioria das vezes. O sol já estava se pondo quando chegamos a um extenso banco de areia que provavelmente sumiria dali a poucas semanas. Com a subida das águas, decidimos pernoitar ali. Em 24 horas, a situação tinha mudado de maneira incrível! No dia anterior, tivemos um jantar maravilhoso, churrasco com cerveja e suco de cupuaçu gelados, todos de alto astral e com expectativas maravilhosas. Agora tudo estava completamente diferente – já estávamos com fome e não tínhamos nada para comer. Caio e Fernando improvisaram com dois mosqueteiros algo que imitava malhadeiras, depois nós procuramos e coletamos galhos mais secos e cascas de árvores e preparamos nossa fogueira. Não foi nada fácil começar o fogo porque tudo na floresta tropical fica encharcado. Na verdade, só conseguimos porque Fernando tinha muita experiência nisso e, para minha surpresa, Caio também. Por sorte tínhamos panelas e copos descartáveis. Assim, preparamos nossa primeira refeição composta só de café. A falta de comida era um problema grave, mas pelo menos não faltava água potável. Naquele dia choveu bastante, além disso, a água do igarapé era cristalina. Entre as coisas mais importantes que tínhamos salvado se destacavam dois pedaços de lona, uma pequena tenda e alguns sacos de dormir. Achei divertido que julgamos mais importante a tenda proteger da chuva o fogo e não a gente. Fizemos uma armação de quatro paus e estendemos o fundo da barraca a uma altura de 1,5 metro acima das brasas. O fogo era muito importante, ele nos protegia, nos tornava visíveis e garantia o nosso café. Dava para entender por que os homens primitivos endeusavam as labaredas. Uma lona serviu para proteger a lenha menos úmida, que iria ser usada durante a noite, e a outra, o lençol sobre o qual dormiriam quatro pessoas. Agradeci a Deus por ser esguia, pois com alguma ginástica entrei no saco de dormir junto com Caio. Taiana e Fernando seguiram nosso exemplo. Em momentos como aquele os coletes salva-vidas têm múltiplas utilidades e servir de travesseiro era uma delas. Nitidamente estávamos muito abatidos e com fome, mas a consciência de que pouco a pouco estávamos chegando mais perto do rio Oiapoque e da nossa salvação nos mantinha de certa forma tranquilos. Tinha um inconveniente sem solução: todos os nossos pertences estavam molhados pela chuva, pela umidade ou pelo suor. Para minha sorte, tal inconveniente tinha também um lado bom: o corpo do Caio estava quente e eu me sentia protegida no abraço do homem amado. Apesar da chuva que nos castigou várias vezes naquela noite, dormi com os anjos.

    Acordamos com os primeiros raios do sol. O fogo ainda se mantinha e Taiana se apressou em fazer nosso café. Perguntei a Samurai qual era a expectativa para o dia e ele respondeu que sairíamos do território francês e chegaríamos ao rio Oiapoque apenas no fim do dia. Só não contamos com alguns problemas que começaram a acontecer ainda pela manhã. O primeiro foi que Oleg começou a sentir um frio incontrolável, acompanhado de fortes arrepios, e ficou ofegante e sem força nos braços. Preocupada, senti que ele estava um pouco confuso e com a fala enrolada. Doutor Isaías nem teve dúvidas:

– Hipotermia! Ele não pode ficar mais dentro da água.
Era isso mesmo. Oleg tinha passado o dia anterior quase todo andando ou nadando do lado do barco e, na hora de dormir, eu o ouvi se queixar de frio. Nem tão constrangido ele obedeceu, se acomodou na canoa e eu imaginei como deveria estar desapontado consigo mesmo. Por mais forte que ele fosse, a idade estava pesando. Uma hora mais tarde, Bebeto apareceu com os mesmos sintomas. Doutor Isaías ordenou a mais este paciente que permanecesse a bordo. Na verdade, sem se alimentar por mais de um dia e após horas dentro da água, todos estávamos sentindo algum grau de frio e isso ameaçava se tornar dramático. Era só questão de tempo para mais gente sentir a hipotermia e então teríamos um verdadeiro problema. Ainda assim, por enquanto estávamos andando bastante bem até que, na passagem por uma cachoeira, que exigiu um esforço extra de todos os que estavam dentro da água, ouvimos um grito de dor vindo de nosso doutor e a água em volta do Isaías ficou vermelha de sangue. Demorou um pouco para controlar a canoa naqueles rápidos e, quando finalmente paramos, ele se sentou numa pedra e vimos um corte bastante profundo sangrando muito na batata da perna dele. Na certa fora uma daquelas pedras afiadas!
– Enfermeira, vou precisar da sua ajuda! – Com uma expressão de dor, Isaías se virou para Taiana. Ela na verdade era veterinária, mas numa das conversas nos dias anteriores, alguém tinha falado em tom de brincadeira que nossa expedição era sofisticada: tinha médico e enfermeira. Taiana fez o curativo e por sorte conseguiu estancar logo o sangramento, porém agora tínhamos

mais um passageiro permanentemente dentro da canoa. Além desses problemas apareceram outros menores. Tonico torceu o pé, todos estávamos com muita fome e bastante cansados e nossa velocidade diminuiu bastante. Às 5 horas da tarde Caio, que estava na frente da canoa, levantou o remo e avisou:

– Ainda estamos longe do rio. Vamos ter que pernoitar por aqui.

Não era o que tínhamos planejado, mas o lugar realmente parecia bom. Daria tempo ainda para fazer a fogueira com luz, preparar o nosso café e colocar os mosqueteiros travestidos de malhadeiras na esperança de ter mais sorte que no dia anterior, quando não havíamos pegado nada. Samurai, Fernando e Benjamim foram pela margem na esperança de pegar tracajás e garantir um jantar, só que não era a melhor hora e logo voltaram sem nada. Durante o dia, os quelônios ficam pegando sol em cima dos troncos caídos na água e são muito mais vulneráveis.

A praia não era muito grande, mas tinha algumas árvores e daria para estender duas ou três redes. Descansar e se aquecer era muito importante para todos, mas especialmente para Isaías, que tinha perdido sangue. Todos tínhamos feito bastante esforço físico, e já tinham se passado trinta horas desde a nossa última refeição. A fome apertou e com ela veio uma terrível dor de cabeça. Impressionante como o organismo sofre e como imediatamente sentimos falta de energia. No dia seguinte, se Deus quisesse, chegaríamos ao Oiapoque e conseguiríamos ajuda, comida e tudo o mais. Uma pena que não tínhamos encontrado a Alemoa, mas pelo menos conhecemos lindos lugares, ainda quase não tocados pelo homem.

Fernando realmente era craque em acender fogo mesmo com tudo úmido em volta. O calor era muito importante e até o café quente se revelou um remédio inigualável. De repente ouvimos os gritos do Samurai e do Peruano, que estavam checando nossas malhadeiras improvisadas. Música para nossos ouvidos! Voltaram com um peixinho e dois tracajás, um de bom tamanho e um pequenino. Taiana ainda conseguiu salvar o pequeno, mas o grande logo foi para uma das panelas. O peixinho foi para a outra. Tinha pouca comida, mas fiquei feliz porque havia alguma coisinha que serviria para Oleg. Estava preocupada porque ele estava ainda sentindo frio e precisava se alimentar melhor. Existia um problema adicional: pelo que eu o conhecia, ele não iria comer quelônio de jeito nenhum. Por razões religiosas, na parte de alimentação os Hazan seguem algumas regras e uma delas sempre foi não comer carne de porco nem tartarugas.

Definitivamente não era o cardápio dos nossos sonhos, mas era o jeito. Revivemos o fogo enquanto os timoneiros estavam preparando e limpando aquela pequena quantidade de carne.

Não consigo me lembrar do gosto daquela refeição. Era mais uma questão de sobrevivência, então engoli a sopa e um pedacinho de carne servidos em copo plástico descartável com a plena consciência de que estava salvando minha vida. Durante aquele jantar estranho, brincamos muito que tinha sido a melhor comida dos últimos tempos. Na verdade, de longe a refeição não era boa, mas provavelmente era a mais importante da nossa vida! Mesmo depois daquele reforço não foi nada fácil adormecer com tão pouca coisa na barriga. O que me salvou foram o cansaço, o calor do corpo do Caio dentro do apertado saco de dormir e o carinho de suas mãos. Achei-o um pouco pensativo e perguntei o que o estava atormentando:

– Estou criando coragem para fazer uma pergunta importante – respondeu ele. – Quando tudo isso passar, você aceitaria eu e o Matheus na tua casa em Manaus? – Ele fez uma pausa e complementou: – Para sempre.

Apertei-o com força:

– E o que mais quero!? – Minha resposta saiu imediata e absolutamente natural. Graças a Deus, enfim eu estava vencendo mais uma etapa importante! Desde aquele Ano-Novo que passamos juntos eu vivia nas nuvens, não parava de saborear nosso namoro, curtia cada telefonema e cada hora que passávamos juntos. Minha felicidade só não era mais completa porque sempre pairava a certeza de que em alguns poucos dias iríamos de novo nos separar, ele em Macapá e eu em Manaus. Tinha verdadeiro pavor dos longos dias em que ficaria só, pensando o tempo todo em Caio, à espera impaciente do próximo encontro. Dois meses de namoro não eram tanto tempo assim, só que eu tinha absoluta certeza daquilo que queria e sentia uma enorme vontade de traçar planos para o futuro. Para minha decepção, até aquele momento Caio não esboçara nenhuma iniciativa nesse sentido e não demonstrava nenhuma pressa. Eu não tinha nem lembrado de Matheus, mas por mim ele seria bem-vindo – um complemento do prêmio maior. Eu tinha mil perguntas a fazer, para começar se Elisângela deixaria Matheus conosco, mas todas elas agora podiam esperar. Finalmente tudo estava se resolvendo da melhor maneira. Apesar da fome, eu estava imensamente feliz e confiante.

De tão exausta só tive forças de fazer uma afirmação que pareceu importante naquela hora:

– Vou querer pelo menos dois filhos!

Me aninhei nos braços de Caio e viajei no sono. Acho que ele também dormiu naquele mesmo instante.

Acordamos com a primeira luz do dia seguinte, que prometia ser importante. Agora nossa salvação era questão de horas. Fernando estava revivendo o fogo e eu estava preparando o tradicional café quando Samurai exclamou:

– Silêncio! Barulho de motor!

Eu pessoalmente não percebia nenhum som, mas ficara claro que não era só Samurai que estava escutando alguma coisa. O pessoal acostumado a viver na floresta tem os sentidos muito mais aguçados! Então, lá longe, apareceu sobre a superfície da água um ponto escuro, que vinha crescendo em nossa direção. Logo deu para distinguir duas pessoas dentro de uma minúscula canoa. Começamos a acenar com peças de vestuário e a gritar e os ocupantes do pequeno barco claramente nos notaram. Vieram direto em nossa direção e, quando se aproximaram mais, deu para entender que se tratava de nativos, um homem e uma mulher em uma pequena canoa de madeira propulsionada por rabetinha, como são chamados os motorzinhos de popa improvisados, muito populares em toda a Amazônia. Caio e Benjamim saíram remando com nossa canoa para recebê-los, tamanha a nossa impaciência. Benjamim perguntou aos gritos se eles falavam português e eles responderam que sim. Já era um bom sinal.

Oleg, que de tão abatido e fraco observava tudo sentado, sentiu a importância do momento, apoiou-se em mim e se levantou.

– Me sinto um verdadeiro Robinson Crusoé sendo salvo – disse ele.

O que estava acontecendo era realmente muito especial. Antes de os dois barcos encostarem, o homem gritou alguma coisa que não entendi. Perguntei a Taiana, que estava ao meu lado, e na mesma hora senti que ela estava profundamente tocada pela cena que estávamos assistindo. Seus lindos olhos verdes estavam cheios de lágrimas.

– Quer saber se temos catarro – ela respondeu bem baixinho. – É a pergunta de vida e morte que os índios sempre fazem quando encontram brancos pela primeira vez.

Oleg apertou meu braço:

– Diga ao Caio ficar longe deles e responder que aqui ninguém tem catarro.

Gritei com toda a força e vi Caio e Benjamim pararem de remar. As duas canoas ficaram a uma distância de alguns metros. O jovem índio viu que éramos muitos para uma canoa só e que nem tínhamos motor e entendeu que alguma coisa extraordinária tinha acontecido. Falava bom português, quase sem sotaque, mas, pela construção da frase, dava para identificar a influência da língua francesa.

– Aiá – apresentou a companheira. – Eu sou Pacaimó. Somos Aparai!

Contamos em poucas palavras o que tinha acontecido e que estávamos sem comer havia dois dias. A índia falou alguma coisa com seu companheiro, eles remaram até a margem, desceram da canoa e ela deixou em cima das pedras um pequeno saco de farinha, uma penca de banana e mais alguma coisa bastante pesada, que estava coberta com folhas. Agora dava para vê-los bem. Eram muito jovens, não tinham nem 20 anos de idade, estavam vestidos com shorts e blusas parecidos com os nossos, provavelmente comprados em alguma loja em St. Georges. Os cabelos eram compridos, negros e lisos, os traços dos rostos e a compleição dos corpos bastante harmoniosos. Não eram altos nem muito atléticos, mas uma coisa neles não parava de me fazer lembrar do Winnetou: "A postura orgulhosa de pessoas livres e seguras de si", pensei. Que contraste em relação aos indígenas que tínhamos conhecido em Camopi! Agradecemos pela comida e fizemos menção de pagar, mas eles não aceitaram de jeito nenhum. Sem perder tempo avançamos nas bananas, que foram devoradas na mesma hora. Perguntei o que havia debaixo daqueles galhos e Pacaimó informou que se tratava de uma cutia que ele caçara pouco antes de nos encontrar.

– Com que arma? – perguntou Oleg enquanto saboreava a banana salvadora.

O jovem nos levou até sua canoa e mostrou um arco primitivo e várias flechas. A única outra arma no fundo do barco era uma velha faca com a ponta quebrada.

Oleg examinou com interesse o arco e quis saber quem o tinha confeccionado.

– Eu, é claro – respondeu o jovem com orgulho.

– Você usa arma de fogo? – perguntei intrigada.

A resposta foi surpreendente:

– Nós temos na tribo, mas preferimos caçar com arco e flecha. É muito mais fácil. Arma de fogo faz muito barulho, assusta os animais e atrapalha a caça.

Recebemos outra informação valiosa: estávamos a menos de uma hora do rio Oiapoque. Então Caio deu a ideia de almoçarmos logo com nossos novos amigos, Aiá e Pacaimó, e assim termos mais tempo para conversar com eles. Bem alimentados, seguiríamos viagem com mais energia. Estávamos todos ainda com muita fome e a sugestão foi aceita na hora.

Assim, almoçamos às 10 horas da manhã naquele dia e ainda conseguimos cumprir uma importante parte da nossa tarefa inicial de procurar as pegadas da Alemoa. Ficamos decepcionados porque os jovens não tinham ouvido falar nem dela, nem da expedição alemã de 85 anos atrás.

Perguntamos se os nomes Cessé, Macarrani, Macassa, Garocomano, Parassi e Ponucato eram comuns na comunidade dos Aparai. Dessa vez a resposta foi sim. Havia uma Cessé, mas ela era bem morena e não tinha olhos azuis. Já existiram um Takaropone e um Punacato, mas tinham falecido e não havia mais ninguém com esses nomes.

– Tem alguém com o nome de Pitoma? – perguntei, com pouca esperança.

– Meu irmão se chama Pitoma – respondeu Pacaimó.

Senti Caio vibrar. Será que estávamos conversando com algum bisneto do nosso Winnetou? Perguntamos sobre o restante das famílias deles, mas logo ficou claro que Pacaimó e Aiá não se lembravam direito nem de seus avós, quem diria dos bisavós. Em 1935, Winnetou já tinha seus 25 anos de idade e, portanto, se estivesse vivo, teria mais de 100; com certeza não estava vivo. Mesmo assim estávamos eufóricos. A mera confirmação da existência dos nomes nos encheu de satisfação. Os últimos dias tinham sido difíceis e decepcionantes para todos nós e agora curtíamos o momento daquele acerto.

– Teus pais vieram do Brasil? – quis saber Caio do Pacaimó.

– Meu pai, sim. Minha mãe também, mas muitos anos atrás. Agora todos nós somos franceses.

Aiá deu uma resposta parecida e ficou claro que, na ausência de registros, a memória era muito curta e seria bastante difícil reconstruir o passado, mesmo o relativamente recente.

A cutia já estava bem assada e finalmente comemos melhor. Aiá ainda buscou um pedaço de biju e uma melancia, que estavam no barquinho deles. Argumentamos que o casal iria ficar sem comida para o restante da viagem, mas ela mostrou mais farinha e mais algumas bananas escondidas no fundo da canoa.

Antes de partir, Pacaimó fez questão de demonstrar sua habilidade com o arco. Ele fez um marco numa árvore, se distanciou mais ou menos quinze passos, mirou e soltou a primeira flecha. Depois, com incrível rapidez, disparou a segunda e ainda outras três, todas com impressionante precisão e sem fazer o menor barulho.

– Não vamos passar fome, não! – afirmou. – Amanhã à tarde chegaremos em casa.

Antes de nos despedirmos do jovem casal, Oleg tirou da cintura a faca dele, que era uma verdadeira obra de arte da qual raramente se separava, e a deu ao Pacaimó:
– Você vai fazer melhor uso dela – disse.

O gesto do Oleg me despertou e sem pensar duas vezes tirei a corrente, lembrança da minha mãe, corri até o barquinho deles, onde Aiá já estava sentada, pronta para a viagem, e a coloquei no pescoço dela. Senti-a radiante, com aquela expressão de satisfação de mulher vaidosa quando ganha uma joia rara. Acenaram para nós e partiram. A canoa era de madeira, muito leve, e o pequeno motor conseguia alcançar surpreendente velocidade. Em pouco tempo se transformaram em um pequeno ponto escuro que logo desapareceu em meio à vegetação.

– Que casal maravilhoso! – exclamou Taiana, expressando os sentimentos de todos nós. – Esse rapaz pode ser um bisneto do nosso Winnetou. Um homem bonito e digno! E ela foi tão doce e generosa!

Então Oleg fez uma observação que nos atingiu como um raio:
– Vocês pensam que fiz um gesto de generosidade puro e simples quando dei minha linda faca para o rapaz. A faca dele, vocês viram, era velha e tinha a ponta quebrada, e ele realmente merecia algo melhor. Enquanto examinava o arco do Pacaimó, dei uma boa olhada na faca surrada deles. Tomei um susto, porque na verdade aquela faca mal cuidada deve ser muito mais velha do que podemos imaginar, além de ser de muito melhor

qualidade que a minha. Ela é uma pura Solingen alemã, e deve ter muitas histórias a contar. Suspeito que exista uma remota possibilidade de ela ter feito parte da expedição alemã.

Oleg olhou para mim e pela primeira vez na vida eu enxerguei um homem de idade totalmente exausto, muito perto do limite de suas forças. Depois de um curto silêncio, ele concluiu:

– A minha busca termina aqui. Vocês jovens agora conhecem o caminho das pedras e, se quiserem, um dia podem procurar saber mais. Certamente vai valer o passeio.

Fiquei com a nítida sensação de que, de certa forma, com aquelas palavras, meu primo estava passando a liderança da família para a próxima geração. Era a ordem natural das coisas.

Não sei por que naquele momento, no meu inconsciente, outro filme estava passando simultaneamente: eu estava vendo Aiá e Pacaimó lutando para subir com sua pequena canoa até o topo daquela cascata íngreme onde sofremos o assalto. Na certa eles iriam vencê-la com facilidade! Aquele era seu mundo e, para eles, as cachoeiras não eram inimigas, e, sim, apenas uma barreira natural que os protegia do mundo complicado e incerto da civilização, com suas maldades e seu catarro.

Estávamos iniciando nossa marcha de volta para a civilização. Falamos pouco, cada um com seus pensamentos. Ainda estávamos sob o efeito da conversa com aqueles dois jovens esplêndidos que, de certa forma, salvaram a nossa expedição. Não sei se um dia voltarei a encontrá-los, mas tenho absoluta certeza de que vou guardar a imagem deles na minha memória pelo resto da minha vida. Naquele momento, eu estava muito cansada e com a sensação de dever cumprido, mas, como Oleg insinuara, éramos jovens e quem sabe um dia mudássemos de ideia e voltássemos a procurar Pacaimó e Aiá. Apesar de tudo, depois de tantos anos, é muito provável que nunca saibamos se eles eram realmente descendentes da Cessé ou do Pitoma, mas isso no final nem vai fazer muita diferença. O encontro com eles foi a melhor coisa que poderia ter acontecido. Graças a eles completamos a nossa missão justamente na hora em que isso parecia totalmente impossível. Acontecera uma coisa maravilhosa: enxergamos os nativos no hábitat deles, e poucas pessoas têm o privilégio de fazê-lo. Foi inevitável pensar que ainda restava uma esperança! Eu me sentia realizada. Tenho certeza de que meu pai teria ficado muito orgulhoso.

Mais um pouco e chegaríamos ao encontro das águas com o Oiapoque e estaríamos sãos e salvos. O igarapé estava ficando cada vez mais largo e em alguns lugares tão raso que todo mundo descia na água para aliviar o peso e diminuir o calado da nossa canoa. Só os debilitados Oleg, Isaías e Bebeto permaneciam sentados dentro da canoa e eu os via conversando descontraídos. Parecia que estavam se recuperando bem! O que uma boa refeição não consegue fazer! Com Oleg fora de combate, Caio estava no comando, e com a água até a cintura ia na frente do barco e escolhia com cuidado nosso caminho. Eu estava curtindo o momento – o perigo já tinha passado e tudo estava dando certo. Começamos a andar nas pegadas da Alemoa três anos antes e nesse período aconteceram muitas coisas boas e algumas ruins! Espero que a melhor delas me acompanhe pelo resto da minha vida. Eu estava dando um passo gigantesco. Caio e eu estávamos apaixonados e determinados a construir um futuro bonito. Mesmo assim, eu não podia nunca me esquecer do alerta do meu pai: "a tarefa mais difícil, manter a chama sempre viva, ainda vem pela frente e esse desafio dura para sempre".

A floresta começou a se abrir e, lá na frente, até onde nossos olhos enxergavam, se estendia um espelho de água. Estávamos chegando ao grande rio. Mais uns últimos metros e o Armontabo desaguaria no Oiapoque.
    De repente Samurai parou e levantou o braço, chamando a atenção de todos. Por um instante, reinou o absoluto silêncio e então a brisa trouxe, de muito longe, o ruído de motores.

Manaus, 10 de julho de 2020
Durante a pandemia de Covid-19

Ilko Minev nasceu em 1946 em Sofia, Bulgária, mas, por viver há mais de 40 anos no Brasil, sente-se um brasileiro nativo. É, por suas contribuições para a sociedade amazônica como respeitado empresário, "Cidadão Honorário de Manaus", onde vive. Antes de vir ao Brasil, Ilko recebeu asilo político na Bélgica, por ser dissidente político; foi lá que estudou Economia. Tornou-se escritor aos 66 anos, depois de se aposentar de uma carreira executiva. Suas obras buscam redimensionar a importância de eventos históricos marcantes na vida do autor, transcendendo nacionalidades, mas sem perder a influência de suas raízes judaico-búlgaras e seu amor pelo Brasil.

Fontes   TIEMPOS, MARK PRO
Papel   PÓLEN SOFT 80 G/M²